나는
뭘 기대한
걸까

Original Japanese title: HITO NO TAMENI GANBARISUGITE
TSUKARETATOKI NI YOMU HON
Copyright © 2018 Hiroyuki Nemoto
Original Japanese edition published by Daiwa Shobo Co., Ltd.
Korean translation rights arranged with Daiwa Shobo Co., Ltd.
through The English Agency (Japan) Ltd. and Danny Hong Agency

누구도 나에게
배려를 부탁하지
않았다

나는
뭘 기대한
걸까

네 모 토 히 로 유 키 지음
이 은 혜 옮김

SNOWFOX

상대의 마음만 헤아리다
몸도 마음도 지쳐버린
당신에게

'아무리 일이 바빠도 부탁을 받으면 거절하지 못하겠어.'

'모두가 하기 싫어하는 일이면 내가 하면 돼.'

'가족을 위해 일찍 일어나 집안일을 해야지.'

이 얼마나 훌륭한 마음가짐인가. 그 누구보다 상냥하고
배려 넘치는 사람이 아니면 불가능한 일이다. 이런 사람은 분명 주변에서 많은 사랑을 받을 것이다. 하지만 이렇게 다른 사람보다 먼저 상대의 마음이나 삐걱거리는 분위기를 알아차리는 능력, 즉 '헤아림 능력'이 뛰어난 사람은 언제나 피곤하다.

'다른 사람 일을 도와주느라 내 일은 점점 쌓여만 가.'
'항상 나만 손해 보는 기분이야.'
'한 번도 가족들에게 고맙다는 말을 들어 본 적이 없어.'

이 책을 손에 집어 든 당신도 한 번쯤은 이런 생각을 해 본 적이 있지 않은가? 그렇다면 당신도 뛰어난 헤아림 능력을 지녔을 가능성이 크다. 헤아림 능력이 뛰어난 사람은 그서 나른 사람의 미음을 헤아리고 알아차리기만 하는 것이 아니라 그 자리의 분위기를 정돈하기 위한 행동도 한다. 그뿐만 아니라 괜한 참견으로 상황이 꼬일 것 같으면 하고 싶은 말이 있더라도 가슴속에 담아 둔다. 상대의 행동을 한 발 먼저 읽고 도와주기 때문에 주변 사람들은 이보다 더 편할 수 없다.

그럼에도 상대의 마음을 잘 헤아리는 당신은 아마 지금까지 주변 사람들을 위해 자신이 해 온 '숨은 노력'을 한 번도 큰 소리로 내세우지 않고 그저 조용히 살아왔을 것이다. 하지만 바로 그 '상대의 마음을 잘 헤아리는 능력'이 당신을 힘들게 하는 존재가 되기도 한다.

내 의뢰인 중에 비서로 일하는 한 여성이 있었는데 그녀가 모시던 전무는 머리 회전이 빠른 아이디어맨이었지만 일정 관리나 서류 정리에는 서툰 사람이었다. '상대의 마음을 잘 헤아리는' 그녀는 그런 전무를 위해 다음 일정을 미리 알려 주거나, 뒤죽박죽 섞인 서류를 우선순위에 따라 정리해 주었다. 그녀의 도움 덕분에 전무는 별 어려움 없이 일할 수 있었으나, 그는 이 모든 것이 자신의 경영 관리 능력이 뛰어나기 때문이라 착각했다.

그러던 어느 날 전무가 사장에게서 받은 중요한 서류를 잃어버렸다. 비서와는 전혀 상관없는 일이었지만 전무는 그녀에게 이렇게 말했다.

> 66 멋대로 내 책상을 정리하니까 그렇지.
> 뭐가 어디에 있는지 정도는 나도 다 알고 있다고! 99

　전무는 그녀에게 책임을 전가한 채로 해외 출장을 가 버렸다. 그곳에서 전무는 거래처 사장과의 회식이 길어진 탓에 간발의 차이로 예약한 비행기를 놓치고 말았다. 그리고 이 일 역시 비서의 잘못으로 몰아갔다.

　시간이 흐른 뒤 잃어버렸던 서류는 전무의 집에서 발견되었고, 거래처 사장도 회식이 길어진 점에 대해 사과했다. 그녀에게 아무런 잘못이 없다는 사실이 밝혀졌다. 그런데도 전무는 사과하지 않았고, 그녀의 업무 의욕은 바닥으로 떨어졌다.

　당신은 혹시 이 이야기를 읽고 나서 '사과 받지 못한 건 분하지만, 그렇다고 일 못하는 다른 직원에게 일을 맡길 수도 없는 노릇이니 힘들어도 어쩔 수 없다'는 생각을 하지 않았는가? 그렇다면 정말 안타까운 일이다.

　주변 사람들을 배려하는 일과 그 때문에 자신이 피곤해

지는 일은 절대 세트로 일어나지 않는다. 뛰어난 헤아림 능력을 발휘하면서도 지치지 않는 방법은 얼마든지 있다.

나는 심리 상담가로 활동하며 지난 18년간 2만 명에 달하는 사람을 만나 왔다. 내 강연이나 세미나를 찾아오는 사람 중에는 지금 이 책을 읽고 있는 당신처럼 상대의 마음을 잘 헤아리는 능력 탓에 고민하는 사람이 많았다. 하지만 현재 그들 대부분은 자기 마음속에 박혀 있던 버릇을 직시하고 새로운 인생을 향해 힘차게 나아가고 있다.

이 책에는 내가 '상대의 마음을 잘 헤아리는' 사람들을 만나 오며 깨달은 사실이 빠짐없이 모두 담겨 있다. 상대의 마음을 잘 헤아리는 사람이 힘들어지는 이유, 나를 찾아온 다양한 의뢰인들의 사례, 그리고 상대의 마음을 잘 헤아리면서도 지치지 않는 비결.

이 모든 것을 힌트로 삼아 상대의 마음을 잘 헤아리는 당신의 훌륭한 능력을 마음껏 발휘하며 늘 즐겁게 사는 요령을 터득하길 바란다. 아무쪼록 이 책이 당신의 괴롭

고 고통스러운 상황을 바꿔 줄 새로운 첫발이 되었으면
좋겠다.

네모토 히로유키

Contents

Part 1

남의 마음을
이렇게 잘 헤아리는데,
나는 왜 힘든 걸까?

❝ 꼭 삼십 수 앞을 내다보는
프로 장기 기사 같네요. ❞

나는 상대의 마음을 잘 헤아리는 탓에 힘들어 하는 사람
들의 고민을 들으면 이렇게 말하곤 한다. 상대의 마음을 잘
헤아리는 사람은 인간관계를 한발 앞서 예상하고, 순서에

맞춰 생각해 가는 버릇이 있다.

'내가 이렇게 하면 상대는 이렇게 말하겠지. 그러니까 다음에는 이런 식으로 하고, 상대가 이렇게 나올 테니 나는 이렇게 해야지'라는 식으로 마치 장기를 두는 것처럼 상대의 다음 말과 행동을 예상한다.

장기는 서로 한 수씩 순서대로 두는 게 원칙이고 말의 종류나 장기판의 크기도 정해져 있다. 프로 기사의 대국에서는 한 수를 두는 데 긴 시간이 걸리는 일이 흔하고 상대도 그 시간을 묵묵히 기다린다. 하지만 인간관계에는 규칙이란 것이 존재하지 않는다. 상대가 당신의 행동을 기다려줄 리도 없고, 상대의 마음이나 행동을 한발 앞서 읽었다고 해서 '정답'이 보일 리도 없다. 생각하면 생각할수록 다양한 수가 떠오르고, 이에 비례해서 예상할 수 있는 상대의 행동도 늘어난다. 다시 말해 상대의 마음이나 행동을 예측할수록 상대에 관해 더 많이 생각해야 하는 상황에 빠지고 만다.

결국 자신의 행동을 제대로 평가받기는커녕, 마지막에는 생각이 너무 많아서 아무것도 할 수 없는 상태에 빠져 허우적거리게 된다. 상대는 당신이 그렇게까지 자신을 생각해 준다고는 상상조차 하지 못한다. 그러니 당신이 쏟아부은 시간과 에너지는 헛수고가 되고, "똑 부러지지 못한 사람이네, 도대체 무슨 생각을 하는지 모르겠어"라는 말을 들을 만큼 상대를 화나게 만드는 경우까지 생긴다.

인간관계에는 균형의 법칙이라는 것이 존재한다.

'독불장군 사장 밑에는 예스맨만 남는다.'
'신경질적인 부인의 남편은 점잖다.'

이처럼 인간관계는 신기할 정도로 플러스-마이너스의 균형을 유지하고 있다. 당신이 상대의 마음을 잘 헤아리는 사람이라면 균형의 법칙에 따라 당신 옆에는 무신경한 사람들이 모일 확률이 높다.

'일을 이렇게 열심히 하는데 왜 알아주지 않지?', '가족을 위해 알아서 미리미리 다 해 주는데, 어째서 아무도 모르는 거야?' 이런 생각이 드는 대부분의 원인은 바로 이 법칙 때문이다.

균형의 법칙에 따르면 당신이 정성을 다해 배려하고 있는 상대는 당신만큼 상대의 마음을 헤아릴 줄 아는 사람이 아닐뿐더러 섬세한 성격을 가진 사람도 아니다. 그래서 나라면 분명 상처 입었을 말이라도 상대는 의외로 덤덤하게 받아들일 가능성이 크다. 즉 '이렇게 말하면 기분이 상하지 않을까?' 하는 배려는 사실 불필요한 경우가 대부분이다.

"이 서류, 알기 쉽게 정리해 두었어요."
"아버지가 든든히 속을 채우고 출근하시면 좋을 것 같아서 매일 일찍 일어나 아침밥을 하고 있어요."

상대의 마음을 잘 헤아리는 사람은 말로 자신의 행동을 알리는 일에 매우 서툴다. 이런 말을 하면 상대가 어떻게 받아들일지 생각하고, 그 말을 들은 주변 사람들이 미안해하거나 기분이 상하지는 않을지 상대의 마음을 살피기 때문이다.

내 의뢰인 중에 항상 남편을 위해 이런저런 배려를 하는 부인이 있다. 그녀는 항상 이렇게 말한다.

❝ 언젠가 알아줄 날이 올 거라 믿으니까요. ❞

상대를 배려하는 겸손한 마음은 정말 훌륭하다. 하지만 나는 "입으로 소리 내서 말하지 않으면 남편분은 절대 알지 못할 겁니다"라고 그녀의 믿음에 찬물을 끼얹는다. 보이지 않는 곳에서 이런저런 배려를 해 봤자, 그 마음이 상대에게 전해질 가능성은 생각보다 훨씬 더 낮다. 무신경한 사람은 말할 것도 없고 평범한 사람이라도 당신의 노력을 쉽사리 알아차리지 못할 것이다. 대부분의 사람은 '설마 나를 위해서 그렇게까지 할 리가 없잖아'라고 생각한다.

한 기업의 대표인 또 다른 의뢰인에게 이런 이야기를 들은 적이 있다. 여름방학에 아내가 아이들을 데리고 친정에 간다기에 당시 매우 바빴던 그는 그저 여름방학 동안 며칠 친정에 다니러 간 것이리라 대수롭지 않게 생각했다.

그런데 어느 날 거래처 사장에게 "부부싸움이라도 했어?"라는 생각지도 못한 말을 들었다고 한다. "네? 왜 그런 말씀을 하시죠? 아무 일도 없습니다만." 그가 이렇게 대답하자 거래처 사장은 "구두 말이야. 구두"라며 그의 구두를 가리켰다.

"사소한 것에 신경 쓰지 않는 자네 같은 사람이 늘 반짝이는 구두를 신고, 잘 다려진 셔츠를 입고 다니는 걸 보고 속으로 자네를 잘 보필하는 부인이 참 대단하다고 생각했거든. 그런데 오늘 구두는 빈말이라도 깨끗하다고는 못하겠네. 그래서 부인하고 무슨 일이 있나 했지."

그는 그 한마디에 뒤통수를 망치로 얻어맞은 것 같은 충격을 받았다. 15년간의 결혼 생활 동안 단 한 번도 아내의 배려에 대해 생각해 본 적이 없었기 때문이다. 돌이켜 생각해 보니 그가 퇴근해서 돌아오면 항상 따뜻한 식사가 준비되어 있었고, 목욕을 마치고 나오면 언제나 잘 다려진 잠옷이 놓여 있었다. 일만 하느라 아이들 교육에는 거의 신경 쓰지 못했지만 아이들에게 존경받는 아버지였다. 그런 당연한 일상이 모두 부인의 배려 덕분이었다는 사실을 그제야 깨달았던 것이다.

그는 바로 자리에서 일어나 아내에게 달려가서는 지금까지 무심했던 자신의 행동에 대해 용서를 구했다. 아내는 "알았으면 됐어" 하고 툭 내뱉고는 집으로 돌아왔다고 한다.

그의 부인처럼 '언젠가 알아주는 날'이 올 수도 있지만 이 경우에는 무려 15년이 걸렸다. 그의 부인은 어떤 마음으로 15년 동안 남편의 구두를 닦고 식사를 준비했을까? 아무 말 없이 친정에 가 버릴 정도였으니 그동안 얼마나 참았을지 알 만하다.

상대의 마음을 잘 헤아리는 당신은 상대의 기분이나 행동을 한발 앞서 읽고 뒤에서 몰래 배려하는데, 이런 행동이 상대를 위해서 한 일이라는 사실을 분명하게 알려야 한다.

회사에 당신과 똑같이 상대의 마음을 잘 헤아리는 사람이 있어서 당신의 말과 행동을 알아주는 경우도 있겠지만, 그렇다고 해도 그가 항상 당신만 지켜보고 있을 리는 없지 않은가. 어쩌면 그 사람도 당신 말고 다른 사람들을 배려하느라 바쁠지 모른다.

그러니 '내가 무슨 생각으로, 어떻게 행동했는지'를 주변 사람들에게 구체적으로 설명하는 방법을 알아야 한다. 말로 해도 좋고 편지를 써도 상관없다. 만약 상대가 깨닫기를 바라고, 알아주기를 바란다면 기다리지 말고 상대와 이야기를 나누어야 한다.

기대는
내려놓으라고 있는 것

상대의 마음을 잘 헤아리는 사람들 중에 '나만 참으면 다 잘 될 거야'라는 생각에 얽매여 있는 사람을 흔히 볼 수 있다. 주변 분위기가 좋아지고, 다른 사람에게 불쾌감을 주지 않으며, 자신의 상황보다는 주어진 일을 원활하게 처리하는 데 더 신경을 쓰는 '평화주의자'들이 자주 보이는 경향이다. 이들은 다툴 바에야 내가 참는 것이 낫다고 생각한다. 이런 생각이 어릴 적부터 버릇처럼 굳어진 사람도 적지 않다.

당신 또한 상대에게 험한 꼴을 당하고도 아무 말도 못하고 입을 다물고, 자신의 배려를 알아주지 않아도 어쩔 수 없다고 포기하는가? 상대의 마음을 잘 헤아리는 사람은 그 자리의 분위기를 미리 파악해서 평화롭게 마무리하기 위해 자신의 에너지를 소모한다. 하지만 이는 분명한 '희생'이며, 자신의 마음을 억누르는 행동일 뿐이다. 이러한 희생을 계속하는 한 당신은 무신경한 사람들에게 계속 휘둘릴 수밖에 없다.

우리는 무의식중에 상대도 나와 마찬가지일 거라고 생각하는 경우가 있다. 이를 투영의 법칙이라 한다. 내가 상대의 마음을 헤아렸듯이 상대도 분명 내 마음을 헤아려 줄 것이라 생각한다. 물론 머리로는 '사람은 모두 다르니까', '상대가 똑같이 해 주기를 바라는 섯은 질못'이라는 사실을 이해한다. 하지만 나와는 다르다는 사실을 머리로 이해하기 전에 마음으로는 상대가 자신과 똑같은 행동을 취하길 바란다. 계속된 희생이 '기대'로 변하는 것이다.

66 당신의 마음을 이만큼 헤아려 줬으니
당신도 내 마음을 알아줬으면 좋겠다. 99

뒤에서 이야기하겠지만 기대는 쉽게 무너진다. 상대는 당신의 마음을 전혀 헤아리지 못할 테고, 당신은 실망하게 될 것이다. 그리고 상대가 자신의 마음을 알아주지 않을 때 당신은 '나를 싫어하나?', '화가 난 건가?' 혼자 판단하고 멋대로 고민에 빠질 것이다.

사람이 마음에 품은 기대는 쉽게 무너진다는 말이 있다.

'이만큼 배려했으니 나를 좋게 생각해 주겠지.'
'마음에 쏙 들만 한 제안을 했으니 틀림없이 기뻐할 거야.'
'그 사람은 분명 이렇게 생각할 테니, 이런 식으로 해 두면 문제없을 거야.'

'분명 그럴 거야', '틀림없이 해 줄 거야', '당연히 해 주겠지' 같은 기대하는 마음은 주로 상대의 생각을 내 쪽에 유리하게 해석하면서 생기기 때문에 실제 상대는 생각대로 움직여 주지 않고 결과적으로 기대는 무너져 내린다. 그리고 다음과 같은 우울한 결과만이 남는다.

'이만큼 배려해 줬는데 고맙단 말 한마디가 없다니!'
'마음에 쏙 들만 한 제안을 했는데 이 반응은 뭐지?'
'이렇게 해 두면 괜찮을 거라고 생각했는데 잘못된 판단이었어!'

상대의 마음을 잘 헤아리는 사람은 자신도 모르는 사이 상대의 의도를 파악해 그에 맞추어 행동한다. 하지만 때로는 의도를 잘못 파악해서 당황하는 경우가 생기는데 이것도 역시 상대에게 무언가를 기대하고 있었다는 증거라 할 수 있다.

나를 찾아오는 의뢰인들 중에는 한 번도 부모에게 칭찬을 들어본 적이 없다는 사람이 적지 않다.

누구에게나 인정받고 싶고, 칭찬받고 싶은 '인정 욕구'가 있다. 자신의 행동이나 생각을 다른 누군가에게 인정받고 싶은 건 자연스러운 욕구다. 칭찬받은 경험이 적은 사람일수록 타인에게 인정받고 싶다는 욕구를 강하게 느낀다.

상대의 마음을 잘 헤아리는 사람도 처음에는 그저 상대를 위해서 한 행동이었지만, 점점 알아주었으면 좋겠고, 인정받고 싶고, 칭찬을 듣고 싶다는 욕구가 강해진다. 단 상대의 마음을 한발 앞서 읽는 탓에 스스로 '인정받고 싶다'는 말을 꺼내는 것에 강한 거부감을 느낀다. '이런 말을 들으면 기분 나쁘겠지'라는 생각에 알아 달라는 말을 하지 못한다. 그저 자신이 상대의 마음을 헤아리듯이 상대도 자신의 마음을 헤아려 주기를 기대하는 것이다.

하지만 앞에서 언급한 것처럼 기대는 쉽게 무너지게 되어 있으니, 인정 욕구는 영원히 채워지지 않고, 결국 '이런 능력 따위 필요 없어! 남의 마음을 헤아리는 능력 따위 없는 편이 나아!' 같은 생각으로 귀결된다.

나는 이런 일로 고민하는 사람들에게 기대란 내려놓으라고 있는 것이라 말한다. 상대가 나와 같은 능력을 갖췄을 리 만무하다. 상대는 당신처럼 섬세하지도, 민감하지도 않기 때문에 당신의 배려를 알아차리지 못한 채 돌아서 버리기도 한다.

'상대는 나를 이해하지 못한다'는 현실을 받아들여 충격을 완화한 다음, 기대하는 마음을 내려놓자. 기대하는 마음

은 남의 기준에만 맞추는 습관과 낮은 자기긍정감에서 시
작된다.

상대를 향한
안테나 접기

상대의 마음과 상황을 미리 파악해서 행동했지만 알아주는 사람 하나 없고, 오히려 반대의 결과를 낳았던 적은 없는가? 상대의 마음을 잘 헤아리는 사람일수록 아무도 알아주지 않는 상황이 계속되면 '내가 뭘 잘못했나?' 하며 자신을 탓하고, 자기긍정감이 점점 낮아진다.

자기긍정감이란 현재 자신의 모습을 있는 그대로 인정

하는 마음을 말한다. 현재 자신의 모습에 자신감을 갖는 것이라고도 할 수 있다. 자기긍정감이 떨어지면 자신의 말과 행동에 자신이 없어지고 실패가 두려워 더욱 신중해진다. 그러다 보면 점점 상대의 생각을 향해 안테나를 세우는 일에만 에너지를 쓰게 된다. 하지만 그런 당신의 생각을 상대는 알 리 없으니 당신의 입장에서 보면 상대는 계속 제멋대로 행동하는 것처럼 보일 뿐이다. 결국 상대를 피하고 싶어지고 거부감마저 생겨 관계는 더 나빠지고, 이런 악순환은 반복된다.

이런 식의 안타까운 엇갈림이 이어지면 의욕이 떨어지고 허무함을 느끼며 모든 것이 무의미해질 뿐만 아니라 분하고 화가 나기도 한다. 갖가지 부정적인 생각만 떠오르고 좋으라고 한 일인데 좋은 소리 하나 듣지 못하는 상황이 벌어진다. 최선을 다해 노력했는데 실패만 하니 '네 잘못이 아니'라는 말을 들어도 받아들이기 힘들다. 게다가 남의 마음을 헤아리는 능력이 뛰어난 사람은 상대에게 불만을 토로하거나 쓴소리를 할 때도 '내가 끼어들면 어떻게 될까?'를 먼저 생각한다. 하고 싶은 말을 참고 마음속에 묻어 두면서 자신도 모르는 사이에 스트레스가 쌓여 간다.

'내가 할 수 있으니까 다른 사람도 할 수 있다'고 믿는 투영의 법칙은 생각에만 적용되는 것이 아니라 능력에도 적용된다. 자기긍정감이 낮으면 자신을 낮게 평가하고 '나 같은 사람도 하는데 다른 사람은 더 잘하겠지'라고 믿으며 자신을 비하한다.

자기긍정감이 낮을수록 자기 비하는 더 심해지고 결국 제멋대로 쓸데없는 오해를 하게 된다.

> 내 마음을 다 알면서도 그렇게 해 주지 않는 건
> 나를 싫어하고 무시하기 때문이야!

상대의 마음을 잘 헤아리는 능력은 매우 훌륭한 능력이다. 다른 사람과 비교할 필요도 없이 당신의 장점이며 가치다. 이 능력을 스스로 비하하고 제대로 인정하지 않으면 타인에게 지나친 기대감을 품고 오해를 하게 된다. 결국 기대는 무너지고 괴로운 마음만 쌓여 간다. 이래서는 모처럼 얻은 장점을 활용하지 못하는 정도가 아니라, 오히려 단점으로 만들어 버리는 일이 허다할 것이다. 자신이 가진 능력이 얼마나 가치 있는 것인지를 깨달으면 타인에게 기대하는

마음은 대부분 사그라든다. 자신감을 가지고 스스로에게
이렇게 말해 보자.

❝ 나는 다른 사람의 마음을 헤아리는 일에
남들보다 뛰어난 능력을 가지고 있다. ❞

　지금까지 언급한 법칙들 때문에 고민에 빠진 적이 있거
나 괴로운 경험을 한 사람들의 이야기를 들려주고 싶다. 어
쩌면 당신과 꼭 닮은 사람이 등장할지도 모르겠다.

척척 알아서 해 주니
일만 척척 쌓이지

혹시 당신도 주변에서 '일 잘하는 사람'으로 인정받고 있다면 YR 씨와 비슷한 경험을 한 적이 있을 것이다. 대부분의 사람들은 일 잘하는 사람에게 기대거나 도움은 받아도, 걱정해 주거나 도와주지는 않는다. '도와주고 싶지만 오히려 방해만 될 거야'라고 멋대로 판단해 버린다.

66 특수한 장소에서 해야 하는 일을 거의 전부 혼자 떠맡게 된 적이 있었어요. 그 기대에 부응하려고 열심히 노력했죠. 일의 난이도나 바쁜 상황에 대해 그때그때 상사에게 말하지 못하고 속에 담아 두었기 때문에 혼자서 이리 뛰고 저리 뛸 수밖에 없었습니다. 결국 내 상황을 알아주는 사람은 아무도 없고, 타 부서의 협력이 필요한 사안이 발생해도 바로 이해를 구하거나 협조를 얻기 어려운 상황이 돼 버렸죠. 99

모든 일을 떠안고도 어떻게든 해 보려 애썼지만 주변에서는 이를 알아주지도 않고 계속 혼자 일을 해결해야 했다니, 얼마나 힘들었을까. 아마도 YR 씨는 일을 무척 잘하는 사람이며, 그의 주변 사람들은 평소처럼 그가 척척 잘 해내고 있다고 생각했을 것이다. 그러다 보니 '이것도 할 수 있겠지?'라는 생각으로 더 어려운 일을 맡기게 되고 결국 한계 상황에 다다르게 된 것이다.

그리고 YR 씨는 어려운 일을 하면서도 상사에게 보고하지 않았다. 혼자서 해내야 한다고 생각했던 걸까? 아니면 상사도 바쁘니까 괜한 정보는 전하지 않는 편이 좋겠다고 생각한 걸까? 하지만 이런 일이 계속되면 그 어려운 일에 관해 아는 사람이 YR 씨뿐이라서 정말 곤란한 상황이 벌어져도 도움을 요청하기 어려워진다.

당신은 자신이 일을 잘한다는 사실을 스스로 인정하는가? 그리고 주변 사람들도 그렇게 생각한다는 걸 알고 있는가?

이번에는 친절하며 배려심 많고 책임감이 강하다는 장점 때문에 뒤통수를 맞은 MY 씨의 이야기다.

"새로운 사내 시스템이 도입되어 각 부서에서 한 사람씩 대표를 뽑아 퇴근 후 설명을 듣기로 했습니다. 저는 컴퓨터를 잘 다루지 못하지만, 다른 사람들은 전부 어린 자녀를 키우고 있어서 할 사람이 나밖에 없겠구나 싶었죠. 그때 마침 부서장이 '자네가 가겠나?' 하고 묻기에 그렇게 하겠다고 대답했습니다. 하지만 막상 설명회에 가 보니 무슨 영문인지 제 컴퓨터만 자꾸 오류가 생기고 설명도 이해할 수 없었습니다. 부서로 돌아와서는 그 일로 상사에게 잔소리를 들어야 했죠. 다른 사람을 배려해서 한 일이지만 역시 서툰 일에는 나서지 말았어야 했어요."

다른 사람들은 힘들겠다는 생각에 자신도 잘 모르는 일

에 용기를 내서 손을 들었는데 결과가 이렇게 되다니, 왠지 허망해지는 이야기다. 좋은 일이라 생각해서 한 일인데 고맙다는 말은커녕 지적만 당했으니 못 해 먹겠다는 소리가 절로 나온다.

하지만 MY 씨는 애초에 자신이 그런 배려를 했다는 사실을 누구에게도 말하지 않았다. 다시 말해 나에게 털어놓았던 솔직한 속내를 누구에게도 말하지 않았으니 주변 동료들은 부서장이 "가겠냐"고 물었을 때 "네"라고 대답한 상황만을 기억한다. 혹시 MY 씨가 "다들 퇴근 후에 아이를 데리러 가야 해서 힘드시죠? 컴퓨터를 잘 못 다루기는 하지만 제가 한번 해 보겠습니다!" 하고 말했다면 상황은 어떻게 달라졌을까?

그런 말을 굳이 입 밖에 내지 않는 속 깊은 배려도 MY 씨의 매력이겠지만 안타깝게도 그 배려를 알아채는 상대의 능력은 필수 옵션이 아니다. 따라서 자기 생각을 표현하는 것이 편하게 사는 요령이다.

아무도 알아주지 않는 허탈함은 특히 문제가 발생했을 때 크게 밀려온다. 이번에는 KK 씨의 이야기다.

"제가 맡았던 그 일은 많은 관계자와 얽혀 있는 데다 복잡하고 전례가 없는 사안이었습니다. 그 와중에 문제까지 터졌죠. 모르는 일투성이었고 그중에는 제가 한 실수도 있었기 때문에 겨우겨우 관계자들 사이를 중재하고, 이것저것 알아봐서 성심성의껏 대응했습니다. 용기를 내서 상사에게 의논해 보았지만 '나한테 이야기해 봤자 나도 난처하다고. 어떻게든 해 봐'라며 냉정하게 뿌리치더군요."

책임감이 강한 사람은 자기 실수가 얽혀 있으면 어떻게든 해결해야 한다는 생각에 평소보다 더 열심히 노력한다. 게다가 이런 책임감은 죄책감으로까지 이어져 급기야 혼자서 모든 것을 감당하려 한다. 아마도 문제가 발생하기 전부터 KK 씨는 혼자서 애쓰며 이렇게 저렇게 대응해 왔을 것이다. 어째서 그랬을까? 민폐를 끼치면 안 된다고 생각했던 걸까? 이 정도 일은 자기 혼자 처리해야 한다고 판단했던 걸까? 동료들도 다 힘든데 자기 혼자서만 약한 소리를 해서는 안 된다고 생각했던 걸까?

그런 생각이 상사나 동료들로 하여금 '문제가 발생하면 KK 씨가 어떻게든 해결할 거야'라는 기대를 품게 만든다. 그러니 정말 한계에 다다르기 전에 또는 문제가 발생하기 전에 자신이 하는 일이 얼마나 복잡하고 어려운지 주변 사람들에게 알려야 한다.

업무 중에 발생한 문제는 당연하고 집안 문제나 부부 문제도 마찬가지다. 주변에 폐를 끼치면 안 된다는 생각이 너무 강하면 자신을 더 몰아붙이게 되는데, 이번에는 노력파 ON 씨의 이야기다.

66 민폐라는 생각에 정말 참을 수 없을 만큼 아프지 않으면 휴가를 쓰지 않았습니다. 열이 38도 이상 올라야만 쉬었죠. 어머니께서는 몸이 조금 안 좋아도 꾹 참고 출근하라고 늘 말씀하셨고, 그렇게 하지 않으면 회사에서 제가 설 자리가 없어질 거라고 하셨어요. 어머니 말씀에 따라 일 년에 이틀 정도만 휴가를 썼죠. 그러다 보니 막상 휴가를 쓰려고 하면 직속 상사가 이유를 캐물으며 '오후에는 출근할 수 있지 않아?' 하고 눈치를 주더군요. 99

휴가를 쓰면 동료들에게 민폐를 끼친다는 생각에 무리해서 일을 하는 사람이 적지 않다. 하지만 이런 일이 계속되면 '저 사람은 쉬지 않아도 괜찮은 사람'이라는 인식이 생기고, 그렇게 쉬지 않아도 괜찮은 사람이라는 인식이 생겨 버리면 모처럼 만에 쓰는 휴가조차 마음대로 쓰지 못하는 분위기가 만들어진다.

또한 상사나 동료들은 ON 씨가 그렇게까지 열심히 일하고 있다는 사실을 깨닫지 못했을지도 모른다. 그 결과 힘든 일을 혼자서 떠맡게 되는 경우도 많았을 것이다. 또한 ON 씨는 어머니의 가르침을 따랐다고 하는데 그 가르침이 과연 ON 씨의 가치관과 일치했을까? 우리들은 자신도 모르게 부모 세대의 가치관에 물들어 자라지만, 현시대와 맞지 않거나 애당초 자신과 맞지 않는 가치관을 따르다 보면 하지 않아도 될 고생을 할 수밖에 없다.

부모나 예전 상사에게서 들은 말에 자신도 모르는 사이 얽매여 있거나 자신과 맞지 않는 가치관을 따르고 있다면 지금 당장 버려야 한다. 그것만으로도 일과 사람을 대하는 마음이 편해지면서 속박에서 벗어날 수 있다.

집안 분위기나 회사 풍토 때문에 자신의 상황을 아무도 알아주지 않는 경우도 있다. 먼저 IS 씨의 이야기다.

&& 혼자 아이를 키우는 언니가 좋은 직장에 다니고 있어요. 그래서 가족 모두 '언니만 고생한다'고 생각하죠. 나는 나대로 가업을 도우며 열심히 노력하고 있는데 아

무도 알아주지 않고 늘 언니와 엄마의 뒤치다꺼리까지 해야 했어요. 게다가 저는 아무것도 안 하고 편하게 노는 사람처럼 보이는지, 가족들이 짜증이 날 때면 자주 저에게 화풀이를 하곤 하죠. 🙄

인간의 가치관은 다양하지만, 가업을 돕는 사람과 기업에서 근무하는 사람이 있으면 후자 쪽이 '더' 고생한다고 생각하기 쉽다. 열심히 가업을 돕고 있는데도 아무 일도 안 하는 사람으로 취급받는다니, 정말 불합리한 일이다.

일반적으로 사람들은 겉으로 보이는 모습만 보고 상황을 판단한다. 시간적 구속이 심한 직업인지, 그 직업이 어떤 이미지를 가졌는지 등의 정보로 가치를 판단하는 것이다. 그런 점에서 가업은 가족들이 속속들이 알고 있는 일이며, 많이 해 본 일이기 때문에 쉽게 생각하는 경향이 있다. 즉 자기 일의 가치를 낮게 평가하기 때문에 밖에서 일하는 언니가 더 대단하고 고생한다고 생각하는 것이다.

IS 씨는 자신을 드러내는 일에 서툰 타입일까?

가족과 함께 일을 하는 경우에는 일과 생활의 구분이 애매모호해지는 경우가 많은데, '일은 일, 생활은 생활'이라는 선을 확실하게 그어서 할 말은 분명하게 해야 한다. 그런 말을 하지 않는 것도 IS 씨가 가진 상냥한 마음 때문이겠지만, 그래도 역시나 아무 말도 하지 않으면 주변 사람들이 알아줄 리가 없으니 그 무엇도 얻을 수 없다. 그러니 '용기를 내서 말할 수 있는 사람이 되자'는 목표를 세워 보는 것은 어떨까?

또 한 사람 YK 씨는 남존여비 사상이 만연해 있는 회사에서 근무했던 경험을 들려주었다.

"5년 동안 더 좋은 회사를 만들려고 많은 제안을 했지만 한 번도 통과된 적이 없었어요. 그런데 그 아이디어를 과장님(남성)이 자신의 아이디어라고 사장님께 보고하자마자 통과됐어요. 지금까지의 과정이나 다른 사람의 노력은 생각도 하지 않고 자신이 낸 성과처럼 행동하는 과장도, 남존여비 사상이 뿌리박힌 기분파 사장도 꼴 보기 싫어서 회사를 그만뒀어요."

YK 씨가 퇴사를 결심한 것은 정말 잘한 일이다. 회사의 방침과 풍토가 자신의 가치관과 맞지 않는 경우는 드물지 않다. 그런데도 우리는 자신을 맞지 않는 환경 속에 방치해 둔다. 우리는 너무 자주 스스로를 괴롭힌다. 이런 경우에는 자신을 사랑하고 소중히 여기는 마음을 내 안에 깊이 뿌리 내리게 해야 그 상황에서 벗어날 수 있다.

'이 회사를 그만두면 다시는 취업할 수 없을 거야', '나 같은 사람을 채용해 주는 회사가 얼마나 있겠어.' 이렇게 부정적인 생각만 하고 있으면 아무리 괴로운 환경이라도 참을 수밖에 없다. YK 씨는 5년 동안 열심히 노력해서 더 좋은 회사를 만들려 했지만 아무런 보상도 받지 못한 채 억울함만 맛보아야 했다. 어디까지나 결과론이지만 이 일을 계기로 나와 맞지 않는 회사를 그만둘 수 있었다고 생각하면 결론적으로 그 억울함은 과장에 대한 고마움으로 바뀔 수 있다.

&& 회사에서 문제가 연달아 터져 바빠진 A 선배를 위해 제가 대신 고객 응대를 했는데 그만 잘못된 설명을 하고 말았습니다. 결국 선배가 고객에게 다시 설명을 하고 무사히 넘어갈 수 있었죠. 그 일로 선배는 상사에게 꾸지람을 들었지만 저를 감싸 주었습니다. 죄책감이 들었어요. 열심히 노력해야 하는데 노력할수록 오히려 민폐만 끼친다는 생각이 들자 일에 대한 의욕이 급격히

떨어졌고 다른 실수까지 저지르는 악순환에 빠지고 말
았습니다. 〞

　당신에게도 이런 경험이 있지 않은가? 고맙다는 소리를
듣기는커녕 동료에게 민폐만 끼쳤으니, 미안한 마음은 물
론 자기혐오에 빠질 수도 있다. 어디까지나 일이기 때문에
결과로 평가받는 것은 어쩔 수 없지만 후배였던 AY 씨에게
악의는 없었다. 오히려 선배를 도와주려고 한 일이었으니
사실 그에게는 아무런 잘못이 없다.

　스포츠 경기에서도 경기 과정은 아주 멋졌지만 결과적
으로 지는 경우를 볼 수 있다. AY 씨의 경우도 이와 마찬가
지다. 좋은 일이라 생각해 나선 마음에 의미가 있으며, 단
지 '이번에는' 결과가 좋지 않았을 뿐이다. 이런 식으로 생
각해야 한다. '이번에는'이 포인트이며 이러한 생각을 가슴
속에 새겨 두면 앞으로는 선배에게 도움이 되는 일도 분명
생길 것이다.

　우리는 자주 현재에 일어난 일로 미래를 결정지으려
한다. '이번에 실패했으니 다음에도 실패할 거야', '이렇게
노력했는데도 결과가 안 좋았으니 다음에도 안 될 거야'라

고 생각하기 쉽지만 그런 일은 절대 일어나지 않는다. 다음 번에는 분명 더 잘할 수 있을 것이다.

상대의 마음을 잘 헤아리는 사람은 상대가 신경 쓰지 않도록 일부러 상대의 마음을 모르는 척 행동하기도 한다. 다음은 HT 씨의 이야기다.

"자존심을 건드릴지도 모른다는 생각에 선배가 일을 잘못 해도 일부러 아는 척하지 않았는데, 누군가가 상사에게 귀띔했는지 '선배를 좀 배려하라'는 설교를 들었습니다. 그래서 상사의 지시를 따랐지만 이번에는 반대로 너무 배려한 나머지 의견 차이가 생겨 선배의 화난 마음에 기름을 붓는 꼴이 되고 말았습니다. 상사에게는 '곤란한 일이 생길 것 같아서 모른 척하고 있었던 것이니 그 마음을 좀 알아주세요!'라고 말하고 싶었고, 선배에게는 '모른 척했던 이유를 좀 알아주세요!'라고 말하고 싶었습니다."

"그 선배하고는 잘 안 맞아서요"라고 한마디하고 끝낼 수 있으면 좋겠지만, 같이 일을 해야 하는 상황에서는 딱 잘라 말하기 어려울 수 있다. 정말 못 해 먹겠다는 기분이 든다.

일 잘하는 사람이나 감수성이 풍부한 사람이라면 다른

사람의 마음이 너무 잘 보이는 탓에 이와 비슷한 경험을 자주 했을 것이다. 이런 상황에서 내가 하고 싶은 말은 '당신의 훌륭함을 좀 더 인정하라!'이다. 자신의 감수성과 통찰력을 지금보다 훨씬 가치 있는 능력으로 인정해야 한다.

그러면 같은 상황에서도 '어쩔 수 없다'고 쉽게 받아들일 수 있고, 자신의 감수성과 재주를 활용해 요령 있게 일을 처리하는 방법을 찾을 수 있다. 즉 긍정적인 의미에서 주변 사람들에게 맞춰 줄 수 있다는 말이다.

이직을 해서 자신이 더 활약할 수 있는 환경으로 옮기는 것도 좋지만, 자신에게 딱 맞는 환경을 좀처럼 찾을 수 없는 경우도 있으니 '나는 일을 잘하는 게 흠이야' 정도의 자의식은 가져도 좋지 않을까. 이런 생각을 가지면 주변 사람에게 기대하는 마음도 사라지기 때문에 선배와 상사를 더 편하게 대할 수 있을 것이다.

타인이다 | 가족도

　어느 가정에서나 흔히 일어날 법한 일을 경험한 ON 씨 (남성)의 이야기다.

　❝ 부부 관계를 개선해 보려고 이런저런 궁리를 하고 있을 때 아내가 쓰던 샴푸가 떨어져 간다는 사실을 알았습니다. 찾아보니 백화점에서 파는 샴푸였고, 일이 바

빴지만 일부러 가서 샴푸를 사 왔죠. 그리고 샴푸가 떨어질 때쯤 몰래 채워 놓았는데, 다음 날 아침에 아내가 '샴푸는 왜 사 온 거야?'라며 매우 언짢은 기색을 보이더군요. 선물로 받은 건데 향이 안 좋아서 바꾸려고 했던 거라며 그걸 또 써야 한다니 정말 싫다고 말하며 쳐다보지도 않았어요. 비싼 돈에 바쁜 시간까지 들여서 일부러 미움받을 짓을 하다니 정말 허탈했습니다.

ON 씨도, 그의 아내도 '그럼 그렇다고 말을 하지'라고 생각했을 것이다. 단순히 의사소통의 문제라면 할 말이 없지만, 부부 관계를 개선해 보려 노력하던 중이었으니 그런 말을 하기 껄끄러웠는지도 모른다.

상대를 기쁘게 해 주고 싶어서 한 일이 오히려 역효과를 부르면 미안하기도 하고, 분하기도 해서 그 기분은 말로 설명하기 힘들다. 좋아해 주겠지 고민하며 산 케이크였는데 그가 싫어하는 맛이었다거나, 여자 친구 생일에 서프라이즈 파티를 열어 주려 했는데, 원래 이벤트를 싫어하는지 화를 내며 가 버렸다거나 하는 경우 당연히 허탈하겠지만, 이때 자기 자신을 부정하지 않는 것이 중요하다. 부인이나 애인, 친구를 기쁘게 해 주려고 한 행동에는 전혀 문제가 없다. 단지 '이번에' 사용한 방식이 틀렸을 뿐이다.

이번에는 NY 씨의 이야기다. 가정주부라면 비슷한 경험을 한 적이 있을지도 모르겠다.

"신혼 때 일이에요. 우리 부부는 맞벌이를 하면서 저희 회사 사택에서 살았고, 월급도 제가 더 많았죠. 그런데도 남편은 집안일을 전부 저에게 맡겼어요. 아침밥을 다 차려 놓으면 일어나서 먹기만 했고. 저녁에도 식사 시간이 돼서야 느긋하게 퇴근했죠. 저는 매일 청소와 빨래를 해 놓고 출근 준비를 하는데 어느 날 남편이 진심으로 '너무 무리하지 마'라고 말하기에 큰맘 먹고 빨래는 남편에게 맡기자 결심하고 말을 꺼냈어요. '내가 일이 바쁘면 빨래가 밀리잖아. 신을 양말도 없다니까.' 그러자 남편은 '알았어! 그럼 내가 양말을 사 올게'라고 대꾸하는 게 아니겠어요. 저는 말문이 막혀서 빨래를 맡아 줬으면 좋겠다는 말은 꺼내지도 못했어요. 그 뒤로는 말해 봤자 소용없다는 생각에 혼자 고군분투하고 있어요."

남편도 참 못 말리지만 부인도 자립심이 상당히 강한 사람이다. 사람의 마음을 잘 헤아리는 여성의 남편은 신기하게도 남의 마음을 잘 이해하지 못하는 경우가 많다. 처음부터 집안일은 아내에게 전부 맡기고 아무것도 모르는 남편도 많다. 그래서 용기를 내 거들어 달라 부탁해 봐도 NY 씨처럼 헛일이 되고 마는 경우가 허다하다. 결국 '남편한테 말해 봤자 소용없다'며 포기하고 점점 혼자서 일을 해결하게 된다.

이런 남편들은 애당초 아내가 얼마나 고생을 하는지 모르는 경우가 대부분이다. '보면 몰라?'라는 생각이 들겠지만, 사실 보지도 않는다. 그러니 자신이 얼마나 고생을 하고 있는지 분명하게 표현해야 한다. 단 이때 "일하고 들어와서 집안일까지 하느라 내가 얼마나 힘든지 알아?"라는 식으로 표현하면 상대는 자신을 탓한다고 느껴 싸움으로 번지게 된다.

"나 오늘 온종일 바쁘게 일했는데 집에 와서 식사 준비까지 했어. 정말 대단하지 않아? 칭찬 좀 해 줘! 대단하다고." 이렇게 표현 방식을 바꿔 보자. 인정받고 칭찬받기만 해도 기분은 한결 나아진다. 이런 식으로 자신의 마음을 표현하면서 가사 분담에 대한 이야기를 꺼내면 되는데, 이때도 "빨래는 당신이 맡아 줬으면 좋겠어"라고만 말하면 사실 원만히 해결되기 어렵다.

이 방법은 심리 기술의 하나인데 사실 남성은 매뉴얼이 없으면 일을 잘 처리하지 못한다. 그래서 티셔츠는 뒤집어서 빨아라, 이 빨래는 세탁망에 넣어라, 세제는 어떤 것을 얼마만큼 써라, 섬유 유연제는 여기에 이만큼 넣어라 같은 '작업 지침서'를 만들어 주면 지침서에 따라 업무를 수행하듯이 일을 한다. 귀찮은 작업이기는 하지만 한 번 만들어 두면 그다음에는 로봇처럼 자동으로 움직이게 될 테니 아내들이여, 조금만 힘을 내 보자.

그리고 또 한 사람, 피곤한 어머니를 위해 집안일을 도왔지만 어머니의 마음에 들지 않아 그 이후로는 도와 드릴 수도 없게 된 FR 씨의 이야기다.

"피곤한 어머니의 일을 줄여 드리고 쉽게 해 드리자는 생각에 집안일을 도왔는데, 일을 해 놓은 모양이 어머니의 기준이나 방식에 맞지 않아 오히려 핀잔만 들었습니다. 그 일 이후로는 일을 도와 드리려고 '이거 내가 할까?' 하고 물어도 '괜찮다, 내가 하마' 하십니다. 시켜 봤자 제대로 못 하니 의미가 없다, 도움이 안 된다고 생각하시는 듯해서 저 자신에게 화가 나기도 하고, 서글프기도 합니다."

좋은 의도로 시작한 일이 빛을 보지 못한 경우다. 사랑하는 사람에게 도움이 되지 못했다는 생각에 우울해질 수도 있겠지만 이때는 '좋은 일이라 생각해서 한 일'이라는 사실을 다시 한번 상기하며 자신을 탓하지 말아야 한다.

살짝 입장을 바꿔 생각해 보면 오히려 어머니가 호의를 받아들이지 못하는 성격일 수도 있다. 그래서 계속 "괜찮다, 괜찮다"만 반복하셨는지도 모른다. 어머니가 FR 씨의 호의를 받아들였다면 "다음번에는 이런 식으로 해 주렴"이라고 말씀하셨을 것이다.

도움 자체를 거절했다면 자식이 표현한 애정을 솔직하게 받아들이지 못하는 성격이 원인일 수도 있다. 반대로 말하자면 FR 씨는 먼저 '쉽게 해 드리고 싶다'는 자신의 마음을 더 분명하게 표현해야 한다. 마음을 받아들이지 못하는 상대에게는 몇 번이고, 몇 번이고 거듭해서 표현하는 것이 '매너'다.

누구도 배려해 달라고
부탁하지 않았다

66 마감일이 다가오자 바쁜 남자 친구가 주말에 피곤할
까 봐 '주말에 안 만나도 돼'라고 메시지를 보냈어요. 분
명 읽었는데 답이 없더라고요. 비교적 바로바로 답을 하
는 편이었기에 무슨 일이 있나 싶어 다시 연락을 해서
물어 봤죠. '그냥 바빠서'라고 무뚝뚝한 답장이 돌아왔어
요. 내가 뭘 잘못했나? 하는 생각에 초조해지더군요. 99

이런 이야기를 들려준 SK 씨는 남자 친구의 상황을 헤아려서 배려심을 보였는데, 남자 친구에게는 그런 마음이 전혀 전해지지 않은 것 같다고 울적해 했다. 나중에 남자 친구에게서 "나랑 만나기 싫었던 거지?"라는 말을 듣고 그녀는 더 혼란스러웠다. 그래서 "피곤할 것 같아서 푹 쉬라고 그렇게 말한 거야. 나도 만나고 싶었지"라며 열심히 설명했더니, 남자 친구는 계속 화가 난 채로 "그러면 그렇다고 말을 해야지. 내가 어떻게 알아"라고 말했다고 한다. 이런 대화 속에서 그녀는 자신의 마음을 전혀 몰라주는 남자 친구 때문에 괜히 더 서글퍼졌다. 나는 그런 그녀에게 이렇게 말했다.

"확실히 남자 친구는 SK 씨를 만나고 싶었던 모양이군요. 그런데 이유도 모른 채 '안 만나도 된다'는 말을 들었으니 거절당한 기분이 들었을지도 모릅니다. 서로 좋아하면서도 완벽하게 엇갈렸네요."

그 뒤로 두 사람은 많은 이야기를 나누고 화해했다고 하지만, 이처럼 서로의 생각이 엇갈리면서 결국에는 헤어지거나 상대를 미워하게 되는 경우도 많다. 만약 그녀가 그에게 이렇게 말했다면 어땠을까? "이번 주에 일이 많아서 피곤하지 않아? 네가 너무 보고 싶지만 혹시 피곤해서 만나기 힘들면 편하게 말해 줘."

상대의 마음을 잘 헤아리는 사람일수록 결론을 앞서 예상하고 말을 하는데, 상대는 그 속도를 따라가지 못할 때가 있다. 그러니 번거롭더라도 생각을 말로 표현하면 오해가 생길 확률을 줄일 수 있다.

IT 씨는 곤란을 겪고 있는 상대에게 해결책을 제안했다가 오히려 상대의 화를 돋운 이야기를 들려주었다.

"플라멩코 학원 선생님이 과제 곡을 들으며 '이 부분의 가사가 잘 안 들린단 말이야' 하시기에 '그러면 스페인어를 잘하는 A에게 들어 보라고 하면 어떨까요?' 하고 제안했어요. 그러자 '내가 이래봬도 청력에는 자신 있는 사람이야. 다른 사람 힘을 빌릴 정도는 아니라고!' 하며 벌컥 화를 내시더군요."

IT 씨의 말이 선생님의 자존심을 건드린 걸까? 선생님 입장에서는 '내 귀가 어둡다고 생각하는 거야!'라고 불쾌하게 느꼈을 수도 있다. 한 분야에서 예술가나 장인이라 불릴 만한 사람들 중에는 높은 자긍심만큼 고집이 센 사람들도 많다. 이런 타입의 사람들은 생각지도 못한 곳에 지뢰를 감추고 있으니 주의해야 한다.

　지금까지 봐 왔듯이 작은 관심과 배려로 시작한 일이 상대의 자존심을 건드리는 경우는 매우 흔하다. IT 씨의 경우 '원래 그런 성격이시지' 하고 넘겨 버리는 것이 이상적인 대응이다. 타인의 마음을 헤아리는 능력이 뛰어난 사람일수록 '큰 실수를 저지른 건 아닐까?', '미운털이 박힌 건 아닐까?' 심각하게 고민하는데, 다시 한번 절대 그럴 필요 없다고 말해 주고 싶다.

　어쩌면 당신을 닮은 다양한 사람들의 이야기를 읽고 무엇을 느꼈는가. 크게 열 가지 경우로 나누었지만 세세한 상황까지 고려하면 더 많은 고민과 상황이 존재할 것이다. 이 고민들을 해결하는 훈련을 실천하기에 앞서 오래된 당신의 믿음 하나를 버리고 갈 것이다.

　상대의 마음을 잘 헤아리는 사람은 상대의 마음과 상태를 그 사람 자신보다 더 잘 알 때가 있다. 그러다 보니 무심코 자신보다 상대를 먼저 생각하게 된다. 상대가 힘들어하니 조금이라도 힘을 보태고 싶다는 생각은 당신이 사랑에서 우러난 행동을 할 수 있다는 뜻이며 이는 당신의 훌륭한 장점이다. 하지만 여기에 작은 함정이 숨어 있다. 자신보다 상대를 먼저 생각하는 경우에 혹시 당신의 마음속에는 다음과 같은 믿음이 있지 않은가?

'나는 괜찮아! 괜찮아!'
'나는 아무렇지도 않아!'
'전혀 피곤하지 않은걸!'

상대의 마음을 잘 헤아리는 사람과 이야기를 나눠 보면 항상 다른 사람을 위해서는 최선을 다해 이리 뛰고 저리 뛰면서 정작 자신은 소홀히 대하는 경우가 안타까울 정도로 많다. 사실은 몸도 마음도 괴로울 정도로 지쳤으면서 '저 사람이 더 힘들 테니까'라며 힘을 짜내고, 솔직히 여유가 없는데도 '이 일을 하지 않으면 쓸모없는 사람이 될지도 모른다'는 생각에 무리해서 일을 한다.

자신보다 다른 사람이나 주변 상황을 우선하면 의식이 외부로 향하면서 자기 일은 전혀 눈에 들어오지 않는다. '등잔 밑이 어둡다'는 말처럼 쌓이고 쌓여서 견딜 수 없이 힘들어져도 그런 자신의 상태를 깨닫지 못한다. 결국 상대의 마음을 헤아려서 도와주고 있지만, 당신의 마음속에는 점점 피로가 쌓여 간다. 그래서 나는 그런 사람에게 이런 말을 해 보라고 권한다.

❝ 나는 하나도 안 괜찮아. ❞

고작 한 문장인데 입 밖으로 꺼내기 어려워하는 사람, 필사적으로 부정하려 하는 사람, 마음까지 욱신거린다는 사람이 꽤 있다. 작은 소리라도 좋으니 당신도 한번 소리를 내서 말해 보라. 이것이 바로 당신이 편해지기 위한 첫 단계다.

Part 2

상대와 내 마음의 선을 긋는
기대하지 않는 연습

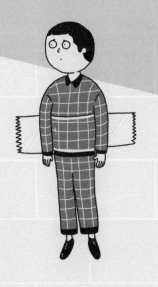

남의 기준에 맞춘

헤아림 능력에 스스로를 베이다

'바쁜 선배를 위해서 오늘 중에 서류 작성을 끝내야 해.'

'남자 친구를 위해 열심히 다이어트를 해야 해.'

'편찮으신 어머니를 위해서 집안일을 해야 해.'

누가 부탁하지도 않았는데 이런 식으로 애를 썼던 적이 있지 않은가? 계속해서 '내'가 아니라 '남'을 중심에 두고 자신이 할 행동을 생각하고 있다면, 이는 '남의 기준'에 맞춰 살고 있다는 증거다.

남의 기준에 맞춰 산다는 말은 다른 사람의 가치관이나 생각에 우선순위를 두고 자신의 말과 행동을 정한다는 의미다. '나보다 다른 사람을 먼저 생각하는 방식이 어째서 나쁜가?' 이런 생각을 할지도 모르지만 문제는 자신의 마음은 모른 척하며 억누른다는 데 있다.

'미움받지 않으려면……'
'분위기를 망치지 않으려면……'
'상대를 불쾌하게 만들지 않으려면……'
'민폐를 끼치지 않으려면……'

상대의 마음을 잘 헤아리는 사람은 모든 일에 민감하기 때문에 주변 사람들에게서 받는 정보량이 압도적으로 많다. 주변 사람들의 말이나 행동, 감정에 쉽게 휘둘려 자기 모습을 잃어버리는 경우도 드물지 않다. 이런 상황에서는 자기 기준에 맞춘 생활을 하려고 노력하는 일이 무엇보다 중요하다. 주변 사람들의 의견이나 분위기가 아니라 자기 마음이 외치는 소리에 순순히 귀를 기울이고 그 소리에 따라 살아가야 한다.

상대의 마음을 잘 헤아리는 사람도 처음에는 자신만의 기준이 있었을 것이다. 하지만 상대가 자신의 행동을 알아주지 않거나 오해하고, 돌아오는 보상이 없으니 허탈해지고 서운한 마음이 들면서 마음속이 불만으로 가득 차게 된 것이다. 그러다 보니 '알아주었으면' 하는 욕구가 생기고 자기 기준이 흔들리기 시작하면서 다음과 같은 불만과 자기부정이 나타난다.

'왜 몰라주는 걸까?'
'나만 애쓰는 게 왠지 바보 같아.'
'무엇을 위해서 이걸 하고 있는 거지?'
'난 역시 안 되는 건가?'
'내가 하는 일은 의미 없는 걸까?'

여기서 스스로 행동을 멈출 수 있으면 다행이지만, 고집이 생겨서 상대에게 꼭 인정받고 싶다고 생각하거나, 모두에게 민폐만 끼칠 뿐이라며 참거나, 애당초 '그만둔다'는 생각조차 하지 못 하는 상황이 계속되면 서운함과 허탈함, 불만이 점점 마음을 어지럽힌다. 그리고 자기 기준에 따라 상대를 기쁘게 해 주려고 한 행동이 상대의 반응에 따라 휘둘리는 남의 기준에 맞춘 행동으로 변한다.

미움받고 싶지 않다는 생각에 처음부터 자기 기준 따위는 없이 남의 기준에 맞춰 행동하는 경우도 있다. 이런 경우에는 헤아림 능력을 발휘하면 할수록 상대에게 미움을 사지는 않았는지 신경이 쓰인다. 그러다 보면 별것 아닌 상대의 말이나 행동에 미움받고 있는 건 아닌지 불안해지고, 점점 더 남의 기준에 맞춰 생각하고 행동하게 된다. 다른 사람에게 도움을 주는 능력인 헤아림 능력이 이런 식으로 남의 기준에 맞춰 발휘되면 자신을 상처 입히고 불안하게 만드는 존재가 된다.

&&나라면 이렇게 하겠어.&&
&&내가 원하는 건 말이지.&&
&&나는 이렇게 생각해.&&

자기 말과 행동의 주어를 '나는'으로 바꿔 보자. 이것이야말로 자기 기준에 맞춰 살겠다는 의지의 표현이다. 자기 기준에 맞춰 생각하면 자기 기분이나 상태에 따라 행동할 수 있기 때문에 주변 사람들의 말과 행동에 흔들리지 않는다.

상대의 마음을 잘 헤아리는 사람은 상대의 기분과 상태를 금세 파악하기 때문에 상대가 무슨 생각을 하는지, 어떻게 해야 만족시킬 수 있는지 너무 깊이 생각한 나머지 자신도 모르게 상대를 중심에 두고 남의 기준에 맞춰 생각하게 된다.

상대의 기분을 헤아리거나 주변 분위기를 제대로 파악하는 능력은 장점이며 당신이 가진 무기이다. 단 이 무기는 자기 기준에 맞춰 살아갈 때 효과를 발휘할 수 있으며, 상대를 지나치게 배려한 나머지 남의 기준에 맞추게 되면 점차 단점으로 변한다. 상대의 마음을 잘 헤아리는 사람이 인간관계에서 고통받는 이유는 자신도 모르는 사이 남의 기준에 맞추기 때문이다.

상대의 마음을 잘 헤아리는 사람은 처음에는 좋은 마음으로 시작했음에도 정신 차려 보면 어느새 상대에게 휘둘려 힘들어 하는 자신을 발견하게 된다. 따라서 자기 기준을 분명하게 인식하고 행동하는 것이 인간관계를 원활하게 이끌어가는 요령이라 할 수 있다. 친절한 성격이나 평화주의, 상대의 마음을 이해하는 능력, 모두 당신의 장점이지만 남의 기준에 따라 발휘될 때는 이 모든 것이 단점으로 변한다. 결국 이 훌륭한 재능은 빛을 보지 못하는 정도가 아니라 자신을 괴롭히는 원인이 되어 버린다.

「배려」는 하는데
「베풀지」는 못한다면?

여기서 '베풀다'는 말의 의미는 '상대가 기뻐할 만한 일을 해 주고 이로 인해 자신도 행복해지는 것'을 의미한다. 여기에는 두 가지 포인트가 있다.

첫째, 상대가 기뻐하는 모습을 상상하고 이를 실현하는 행동

둘째, 상대의 반응에 상관없이 그 자체로 행복을 느끼는 것

당신이 소중한 사람에게 선물을 준다고 가정해 보자. '뭘 받으면 기뻐할까, 이런 걸 좋아하지 않을까' 생각하며 선물을 골랐다. 예쁘게 포장까지 해서 집으로 돌아와 카드를 쓰고 쇼핑백 안에 살짝 넣어 두었다. 어떻게 전해 주면 좋을지 작전을 세우고 이제 건네기만 하면 된다. 이러한 과정에 행복이 있고 설렘이 있다. '이런 기회를 줘서 고마워!'라고 얘기하고 싶을 만큼 감사하는 마음마저 생긴다. 이런 마음일 때 상대의 반응은 그다음 문제이기에 별로 신경 쓰이지 않는다.

하지만 우리 마음속에는 상대도 '기뻐해 줬으면 좋겠다'는 욕구가 존재한다. '분명히 기뻐하겠지' 기대도 한다. 때로는 '당신을 위해서 고른 선물이니 그에 걸맞은 반응을 보여 줘'라는 오만함이 드러나기도 한다. 그래서 상대가 확연히 드러나게 기뻐하지 않으면 실패했다고 느낀다.

'왜 좋아하질 않지!' 하며 화가 나고 '더 마음에 들 만한 선물을 골라야 했어' 하는 후회(자기혐오)로 이어진다. 엄밀히 말하면 이런 경우는 베푸는 행위라 할 수 없다. 이것은 '거래'다. '선물을 주었으니 기뻐해 줘'라며 상대에게 강요하는 것이나 마찬가지다. 나아가 실은 하고 싶지 않지만 안

하면 미움받을 것 같아서 하는, '안 하면 안 될 것 같아서' 하는 희생으로까지 이어진다.

배려심이 많은 사람은 주변 사람들의 모습을 이리저리 관찰하고 분위기를 살피며 행동한다. 이런 행동이 자신의 순수한 기쁨으로 이어진다면 이는 자기 기준으로 생각하고 있다는 증거다. 하지만 '미움받기 싫다', '분위기를 망치고 싶지 않다', '민폐를 끼치고 싶지 않다', '실패하기 싫다', '눈에 띄고 싶지 않다', '창피당하기 싫다'와 같은 생각이 바탕에 깔려 있다면 남의 기준으로 생각하고 있는 것이다.

남의 기준으로 생각하고 있을 때는 상대의 반응이 신경 쓰여 견딜 수가 없다. 미움받지 않으려고, 폐를 끼치지 않으려고 행동한다면 이는 당신이 남의 기준에 맞춰 살고 있다는 증거다. 이런 사람은 '자신의 행동이 상대의 기분을 상하게 해서는 안 된다'는 조건에 얽매이게 된다. 상대의 마음이 어떻게 움직일지 알 수 없기에 온 신경을 집중하게 된다. 그로 인해 자신의 마음은 점점 지쳐 간다.

이럴 때 머릿속에는 '상대가 기뻐했으면 좋겠다'는 생각보다 '싫어하면 어쩌지'라는 생각이 더 크게 자리 잡고 있다. 또한 상대가 기뻐했으면 좋겠다는 생각의 이면을 보면 그것이 순순하게 자신의 기쁨으로 이어지기 때문이 아니라 '나를 특별하게 대해 주겠지', '나를 좋아하게 될 거야', '나를 싫어하지 않을 거야'라는 생각에 지배당하는 경우가 대부분이다. 이렇듯 상대를 배려할 때는 베푸는 것과 정반대인 거래가 이루어진다. 소중한 사람에게 줄 선물을 고르는 일 자체가 고통이 된다.

당신이 한 일이나 생각은 너무나도 아름답지만, 거기에 숨어 있는 거래의 크기만큼 당신은 고통받는다. 도저히 행복한 상태라고는 말할 수 없다.

힘들게 고른 선물을 보냈는데 기뻐해 주지 않으면 섭섭한 마음이 드는 게 당연하지만 그 선물에 담긴 당신의 마음만은 분명한 진심이다. 상대가 사람의 마음을 받아들이는 데 서툰 것일지도 모르고 솔직하지 못했을 수도 있다. 이번에는 기뻐해 주지 않았지만 그걸로 끝은 아니니 다음 기회를 노려 볼 수도 있다. 여기서 자신의 마음과 행동을 부정해 버리면 자기긍정감이 떨어지는 결과로 이어진다. 그런 마음 아픈 일을 할 필요가 있을까.

강한 자기긍정감을 가지고 있으면 상대가 보이는 반응

속에 숨어 있는 의미를 읽어 낼 수 있다. 그리고 다음에는 더 멋진 선물을 해야겠다는 생각을 한다. 상대를 기쁘게 해 주고 싶다는 당신의 마음에 거짓은 없었으며, 그 마음의 가치는 상대의 반응이 어떻든 사라지지 않는다.

상대를 배려하는 일에 피곤을 느낀다면 당신이 남의 기준에 맞춰 살고 있으며 자기긍정감이 낮다는 증거다. 그러니 상대가 어떻게 생각할지보다 내가 어떻게 하고 싶은지를 먼저 생각하자. 뒤집어 말하자면, 마음이 내키지 않는다면 굳이 선물 따위 할 필요가 없다.

베푸는 행동은 사랑에서 우러나는 행위다. 배려는 친절한 당신의 훌륭한 장점인데 그로 인해 고통을 받을 정도라면 잠시 접어 두자.

인간관계와 마음은 의존, 자립, 상호의존이라는 3단계를 거쳐 성장한다. 이것을 '성장 프로세스'라고 부른다. 인간 관계의 모든 문제는 대부분 의존 또는 자립 상태에서 일어나기에 나는 심리 상담가로서 의뢰인의 문제를 들으며 그 것이 의존의 문제인지, 자립의 문제인지를 살펴본다.

자기 기준에 맞춰 사는 사람은 상호 의존 상태이며, 남의 기준에 맞춰 사는 사람은 의존 또는 자립의 상태라 할 수 있다. 이 두 상태는 언뜻 보면 전혀 다르게 보이지만 사실 복잡하게 얽혀 있는 경우가 대부분이다.

우리는 무언가를 처음 경험할 때 어디서부터 어떻게 해야 할지 모르기 때문에 주변에 의존할 수밖에 없다. 예를 들어 직장을 옮겼을 때 새로운 직장의 분위기나 방식, 방침을 전혀 모르는 상태이기에 선배나 상사에게 배우지 않으면 일을 할 수 없다. 일이 손에 익을 때까지는 불안하고 자신도 없으니 주변 사람들을 신경 쓰게 되고 상사나 선배에게 휘둘리는 경우도 많다. 그러다 남의 기준에 맞추고 괴로워지는 상태가 바로 의존이다.

하지만 시간이 지나면서 천천히 지식을 얻고 경험을 쌓으면 마음은 서서히 자립해 간다. 자신만의 방식과 기준을 확립해 가는 것이다. 어느 정도 스스로 이끌어 갈 수 있고 자기 속도에 맞춰 일할 수 있다. 여유가 생기니 주변 사람들을 도울 수도 있다. 이것이 자립의 긍정적인 측면이다. 다들 하기 싫어하는 잡무를 처리하고 동료에게 간단한 프로그램 사용법을 가르쳐 주기도 한다.

이러한 자립은 매우 편안한 상태이지만, 결코 긍정적인

측면만 있는 것은 아니다. 자신만의 방식이 굳어지면 다른 방식을 가진 주변 사람들과 자주 대립하거나 경쟁심에 눈 뜨게 되고, 누구에게도 의지하지 않는 독선적인 사람이 되거나 주변 사람들에게 쉽게 불만과 화를 느끼는 등 부정적인 측면도 존재한다. 자신은 A라는 방식이 효율적이고 고객에게도 득이 된다 생각하는데 상사가 B라는 방식을 지시했다고 치자. 여기서 심리적 대립이 생겨나고 상사에 대한 불만과 불신이 생겨난다. 이런 상태는 나아가 '자립의 의존'이라는 곤란한 상태로 변한다.

자립의 의존이란 무엇일까? 도대체 무엇이 문제인 걸까?

상대의 마음을 잘 헤아리는 사람들 대부분은 원래 자기 기준에 맞춰 행동할 수 있는 자립한 인간이다. 단 처음에는 주체적으로 상대의 마음을 헤아려 행동했더라도 상대가 이를 알아주지 않거나 고마워하지 않고, 때로는 저 잘난 태도까지 보이면 불만과 불신이 쌓이고 자립의 그늘에 숨어 있던 의존이 고개를 내밀며 자립의 의존이라는 문제가 발생하는 것이다.

자립의 의존은 '타인으로부터 자립해 가는 과정에 숨겨

져 있는 의존심'이다. 상대를 기쁘게 해 주고 싶고 조금이라도 편하게 해 주고 싶은 순수한 마음에서 비롯된 행동이 점점 '상대가 이를 알아주고 기뻐했으면 좋겠다'는 욕구로 변하는 것이다. 이런 상태가 바로 자립의 의존이다. 상대의 반응에 이런저런 기대를 품는 만큼 실망하는 일이 늘어만 간다.

상대의 마음을 잘 헤아리는 사람은 상대의 마음을 읽고 행동하기 때문에 자립의 긍정적인 효과가 발휘될 때는 아주 편안하고 쾌적한 생활을 할 수 있다. 하지만 자립의 부정적 효과가 나타나면 '이렇게 마음을 써 주는데 도대체 왜!'라며 불만을 가지게 된다.

헤아림에서 시작한 행동이 도중에 거래로 변했다면 이 경향이 앞으로 더 뚜렷해진다는 사실을 알아야 한다. '기쁘게 해 주고 싶다'는 마음 뒤에 있던 '미움받기 싫다', '분위기를 망치고 싶지 않다', '싸움은 피하고 싶다' 같은 생각들이 슬슬 고개를 내밀기 시작할 것이다. 상대의 마음을 잘 헤아리는 사람이 점점 괴로워지는 이유는 바로 이런 자립의 그늘 속에 숨어 있던 의존심 때문이다.

자기만의 기준을 세우는 일은 자립의 의존 때문에 고민하지 않기 위해서라도 매우 중요하다. 자기 기준에 맞춘 삶은 서로 대등하고, 서로 주고받으며 '윈-윈'하는 관계를 이룬다. 상대에게 보답을 바라지 않고 스스로 원할 때 헤아림 능력을 발휘해 누군가를 도울 수 있다. 베푸는 행위 그 자체로 순수하게 만족감을 느낄 수 있다. 그렇다면 자기 기준으로 사는 삶에는 어떤 장점이 있을까?

첫재, 배려할 상황을 선택할 수 있다. 상대의 마음을 잘 헤아리는 사람은 인간관계에서 항상 풍부한 감수성을 드러내며 머리를 굴려 상황을 파악한다. 그래서 이런저런 생각을 지나치게 많이 하고, 상대의 반응에 실망하거나, 알아주지 않는 상대 때문에 속상해 하기도 하는 등 몸도 마음도 바빠 금세 지쳐 버린다. 이는 헤아림 능력이 너무 뛰어난 나머지 지나치게 상대를 배려해서 생기는 폐해로, 실질적으로 상대에게 자신을 맞추며 남의 기준으로 사는 상태다.

남의 기준에 맞추고 있으니 '나쁜 이미지를 심어 주고 싶지 않다', '분위기를 망치고 싶지 않다', '민폐를 끼치기 싫다'는 생각이 들고 상대의 반응을 기대하게 된다.

자기 기준을 확립하면 '나'와 '상대'의 사이에 명확하게 선을 그을 수 있어 무리하게 상대에게 맞추려는 행동은 하지 않게 된다. 다시 말해 필요 이상으로 상대를 배려하지 않는다. 더 정확히 말하자면 배려를 할지 말지 스스로 선택할 수 있다.

어떤 상황에서는 '분위기를 살펴야겠다'고 생각하지만,

또 다른 상황에서는 '상대가 무슨 생각을 하는지 예상할 수도 있지만, 내키지 않으니 지금은 나서지 말자'고 판단할 수도 있다. 자기 기준에 맞추고 있을 때는 상대를 배려하더라도 베푼다는 생각에서 하는 행동이므로 전혀 피곤하지 않다. 즉 '상대가 어떻게 생각할까'가 아니라 '그 일을 하면 내가 얼마나 기쁠까'를 먼저 생각할 수 있다.

상대에게 마음을 쓰지 않으면 상대가 기대한 반응을 보이지 않거나, 아무 보상도 받지 못한 상황에서도 아무런 영향을 받지 않는다. '몰라줘도 상관없어. 내가 좋아서 한 일이니까'라며 긍정적으로 생각할 수 있다. 이 상태에서는 상대가 어떻게 생각하는지 신경 쓰이지 않기 때문에 점점 자유로워지고 헤아림 능력도 더 잘 발휘할 수 있다.

둘째, 나인지 남인지, 어느 입장을 우선할지 선택할 수 있다. 상대의 마음을 잘 헤아리는 당신은 상대의 상황을 너무 잘 알기에 자신의 마음보다 상대의 마음에 더 신경 쓰는 경우가 많다. 이것 역시 자기 기준을 확립하면 바뀔 수 있다.

자기 기준을 확립하면 지금까지처럼 다른 사람을 우선할 수도 있고, 자기 자신을 우선할 수도 있는 '선택지'가 생긴다. 선택지가 생기면 우리는 처음으로 자유를 느낄 수 있다. 자유를 느끼는 만큼 여유가 생기고 시야가 점점 넓어지면서 누군가에게 베푸는 일도 자연스러워진다. 이런 상태에서는 설령 상대가 기대한 반응을 보이지 않거나 당신의 배려를 전혀 알아차리지 못하더라도 '뭐 어때'라며 받아들일 수 있다.

셋째, 주변에 온통 좋은 사람들뿐이라는 사실을 깨닫는다. 지금까지 다른 사람들을 위해서 애써 온 사람이 나 자신을 더 소중히 여기겠다고 선언하고, 자기 기준에 맞춰 살기 시작하면 생각지도 못한 변화를 겪는 경우가 많다.

오랜 경험을 통해 직장에서 상대의 마음을 잘 헤아리는 사람이 된 한 여성이 있었다. 항상 주변 분위기를 살피고 분위기가 안 좋다고 느낄 때면 적극적으로 대화를 유도해 모두의 기분을 풀어 주었다. 또한 동료나 후배에게 난처한 일이 생기면 제일 먼저 나서서 고민을 들어주기도 했다.

하지만 대부분은 남의 기준에 맞춘 행동이었기 때문에 그녀의 마음은 늘 지쳐 있었고 아무도 알아주지 않는다고 생각했다. 실제로 일 년에 몇 번씩 돌아오는 바쁜 시기에는 다른 사람의 일을 돕느라 막상 자기 일은 근무시간이 지나고 밤늦게까지 야근을 하면서 처리한 적도 많았다. 일이 늦어져 이런 상황을 이해하지 못한 상사에게 혼이 나기도 했다.

그런 그녀가 자기 기준을 인식하고 자신의 마음을 우선하자 주변 사람들이 이렇게 저렇게 배려해 주며 따뜻한 말을 건넸고, 상사가 그녀가 맡고 있던 일의 일부를 가져가서 처리해 주기도 했다. 그녀는 '뭐야? 사실 모두 좋은 사람이었어?'라는 생각이 들었다. 그리고 또 한 가지 중요한 사실을 깨달았다.

"지금까지 저는 상사나 동료들의 부족한 점이나 힘든 점만 봐 왔어요. 그런 부분을 도와줘야 한다고 생각하니 그들의 안 좋은 부분만 보였던 거죠. 지금은 그들의 좋은 점을 제대로 보고 있어서 제가 여기저기 나서지 않아도 괜찮다는 사실을 알았어요."

이런 그녀의 깨달음에 매우 중요한 의미가 담겨 있다.

>> 곤란에 빠진 사람을 도와야 한다고 생각하면 주변에 곤란에 빠진 사람들만 모여드는 것처럼 보인다. <<

안테나를 세우고 그런 사람들만 찾고 있었으니 당연한 일일지도 모른다. 게다가 도움이 필요한 그들의 문제에만 주목하기 때문에 그들이 가진 장점이나 매력은 보지 못한다. 하지만 자기 기준을 되찾으면 시야가 넓어지면서 곤란에 빠진 사람들에게서도 장점이 보이고 상대에 대한 신뢰도 생긴다.

이제 우리는 자기 속도에 맞는 자기 기준을 찾아내기 위한 안테나를 펼칠 것이다.

상대의 마음을 잘 헤아리는 사람은 자기도 모르게 모든 것을 상대에게 맞추며 자기 자신을 잃어버리고 남의 기준에 맞춰 산다. 남의 기준에 맞추기 시작한 순간부터 우리는 상대에게 휘둘리고 점점 자기 자신을 잃어 가며 인간관계에 지쳐 간다. 이런 사람들에게 내가 가장 먼저 제안하는 방법이 지금부터 설명할 긍정적 단언affirmation이다.

우리는 '나는 나고, 너는 너다'라는 말을 자주 듣는다. 직장에서 일 잘하는 동료의 모습을 보았을 때나 형제자매가 부모님에게 칭찬받았을 때처럼 누군가와 자신을 비교하며 초조해졌을 때 한 번쯤은 이 말을 해 본 경험이 있을 것이다. 실은 이 말을 약간만 응용하면 남의 기준에서 자기 기준으로 돌아오는 첫발을 뗄 수 있다. '너는 너'라는 말 대신 당신이 늘 휘둘리고 마는 상대의 이름을 넣어 보자.

'나는 나, A 부장은 A 부장'
'나는 나, B 씨는 B 씨'
'나는 나, 어머니는 어머니'
'나는 나, 그는 그'

'너는 너'라고 말할 때보다 좀 더 의식적으로 상대와의 사이에 선을 그을 수 있다. 혹시 이 말에서 냉정함이나 미안함을 느낀다면 당신과 그 사람의 거리가 지나치게 가깝다는 증거다. 그렇다면 남의 기준을 따라가기 쉬운 상태이니 오히려 그런 느낌이 들지 않을 때까지 더 반복해야 한다.

긍정적 단언을 떠올릴 때마다 투덜투덜 중얼거리듯이

몇 번이고 소리 내어 말해 보자. 자기만 들릴 정도의 작은 소리면 충분하다. 이 말을 하루에 수십 번, 수백 번 반복하기만 하면 된다.

수백 번이라고 하면 너무 많다는 생각이 들겠지만 '나는 나고, 너는 너다'라는 말을 하는 데는 3초도 걸리지 않는다. 1분에 스무 번은 말할 수 있다. 집에서 지하철역까지 걸어서 5분이 걸린다면 왕복으로 5분×20번×2 = 200번은 할 수 있다. 또한 목욕을 마치고 나와서 헤어드라이어로 머리를 말릴 때, 점심을 먹으러 갈 때, 플랫폼에서 열차를 기다릴 때 등 여러 상황에서 간단하게 실천할 수 있다.

혼잣말처럼 중얼거리는 습관을 들이려면 긍정적 단언을 하는 타이밍을 정해 놓는 것이 좋다. 단 일상생활에서 자연스럽게 해야 한다. 예를 들면 출근 할 때나 운전할 때, 머리를 말릴 때, 자기 전에 스트레칭을 할 때, 설거지할 때 중얼거리면 어렵지 않게 습관이 된다.

긍정적 단언은 지금까지 수많은 사람이 시도해 본 방법이다. 굳이 이 단순한 방법을 제안하는 이유는 그만큼 그들이 효과를 보았기 때문이다. 이제 직장 상사의 폭언에 상처받지 않는다는 사람, 딸의 시험 성적이 더 이상 신경 쓰이지 않는다는 사람, 정서가 불안정한 배우자에게 휘둘리지 않게 된 사람 등, 수많은 사람이 긍정적 단언을 계기로 긍정적인 삶을 살고 있다.

결혼 10주년을 맞은 한 남성은 결혼한 후에 계속 아내의 표정을 살피며 아내의 태도에 일희일비하며 살아왔다. 그래서 부인과의 관계를 개선하기 위해 '나는 나, 아내는 아내'라는 말을 출퇴근길의 차 안이나 조깅 중에 외치도록 제안했다. 그 남성은 얼마간 시간이 지나자 점차 머릿속에 '나는'이라는 단어가 늘어나기 시작하면서 '내가 원하는 것은 무엇인가? 어떻게 할 것인가?'를 생각하며 주체적으로 행동을 선택할 수 있었다. 두세 달이 지나자 효과는 더 분명해져 더는 아내의 말과 행동에 휘둘리지 않았다. 결과적으로 그는 약 반년 동안 실천한 이 긍정적 단언을 통해 완벽하게 '나는 나'라는 의식을 가질 수 있었으며, 아내의 태도에 따라 마음이 흔들리는 일이 사라졌다.

이 남성처럼 기본적으로 매일 반복하면 누구든 한 달이 채 되지 않아 변화를 느낄 것이다. 그러다 보면 중얼거리는 버릇이 생겨 집을 나와 지하철역을 향해 걷기만 해도 자동으로 입에서 '나는 나고, 너는 너다'라는 말이 튀어나온다.

이는 잠재의식에 긍정적 단언이 자리 잡았다는 증거다. 그 후에는 서서히 감정과 행동, 사고 패턴에까지 '나는 나'라는 자기 기준을 확립해 간다.

나는 괜찮아,
그리고 너도 괜찮아

    상대와의 관계가 유착 상태에 이르렀거나, 상대에게 강한 집착을 보이는 경우 더욱 강력한 긍정적 단어이 필요하다.

    언젠가 나를 찾아온 한 여성은 중학생 딸의 입시 문제로 고민하고 있었다. 그녀는 의사 집안에서 태어났고 자신도 의사였기 때문에 딸도 의대에 진학하기를 원했고, 친척들을 포함해 모두가 이를 기대하고 있었다. 그러나 어머니로서 그녀가 상당한 부담을 느끼고 있었던 데 반해 자유분방한 성격의 딸은 내키지 않으면 공부를 하지 않았고 모의고사 때마다 사상 최하점을 갱신하는 상황이었다.

이 여성은 안절부절못하며 성적이 나올 때마다 낙담해 딸을 꾸짖고 때로는 앓아눕기까지 했다. 그녀는 완벽하게 남(딸)의 기준에 맞춰 살고 있었다. '나는 나, 딸은 딸'이라는 긍정적 단언을 더 강력하게 만들어서 제안했다.

'나는 나, 딸은 딸. 나는 딸의 입시 결과에 상관없이 딸을 사랑하며 나는 나대로 행복하다. 딸은 딸대로 자신이 행복해지는 길을 스스로 생각하고 스스로 선택할 수 있다. 나는 딸을 믿는다. 나는 괜찮다. 그리고 딸도 괜찮을 것이다.'

처음 이 말을 써서 그녀에게 읽어 보게 했는데, 첫 줄부터 막혀서 계속 읽지 못했고 끝까지 읽는 데 10분 이상이 걸렸다. 딸에게 얽매여 있는 마음 때문에 강한 거부감을 느꼈던 것이다. 하지만 그녀는 타고난 근성으로 매일 500번, 많게는 1000번이나 이 문장을 반복했다.

한 달 반이 지나고 딸의 모의고사 결과가 나왔는데 또 사상 최하점을 갱신했다. 그녀의 입에서 "넌 할 마음이 생기면 할 수 있는 아이니까 괜찮아!"라는 말이 자연스럽게 나왔다. 그녀 자신도 매우 놀랐다고 한다. 그 뒤로 다시 몇 달이 지나고 입시 철이 다가올 무렵에는 딸의 성적이 급상승해서 대견하게도 지망했던 학교에 입학할 수 있었다.

유착은 서로 지나치게 사이가 가까워 상대의 일을 자기 일처럼 느끼는 상태를 말한다. 자기 기준을 확립하면 상대에게 일어난 일에 영향을 받지 않지만, 남의 기준에 맞추고 있을 때는 마치 자신에게 일어난 일처럼 느껴 정신적으로 강한 영향을 받는다.

그녀는 딸의 모의고사 결과에 일희일비하며 본인보다 더 불안하고 초조해했다. 그리고 결과가 나쁘면 마치 자신이 시험에서 떨어진 것처럼 낙담했다. 수험생 자녀를 둔 많은 어머니들이 이와 비슷한 상태겠지만, 이는 심리적으로 보면 지나치게 가까운 사이가 만들어 낸 비극이라 할 수 있다. 다행히 그녀의 딸은 자유분방한 성격으로 어머니가 아무리 혼을 내도 자신의 의지를 굽히지 않는 아이였지만, 혹시 딸이 어머니의 행동에 영향을 받아 함께 휘둘리는 아이였다면 상당한 입시 스트레스를 받았을 것이다. 하지만 어머니 자신도 내심 딸의 실력을 믿고 있었다. 그렇기 때문에 긍정적 단언을 통해 자기 기준을 확립했을 때 '넌 할 마음이 생기면 할 수 있는 아이니까 괜찮아!'라고 말하며 딸을 신뢰할 수 있었던 것이다.

부모와 자식만이 아니라 부부 또는 직장에서의 인간관계에서도 이러한 긍정적 단언을 효과적으로 활용하려면 다음의 사항을 유념하자.

첫째, 상대를 부정하는 말은 넣지 않는다.

둘째, '나는', '남편은'처럼 주어를 명확하게 한다.

셋째, '선택한다', '신뢰한다', '행복하다'와 같은 주체적인 말을 넣는다.

넷째, 안심할 수 있고 힘을 얻을 수 있는 '괜찮다'라는 말을 넣는다.

유착 관계가 형성되면 상대의 일을 마치 자기 일인 양 말하게 된다. 다음은 실제로 내가 상담을 하면서 들은 이야기다.

"몸 상태가 계속 안 좋아서 병원에 갔어요. 그런데 의사 선생님이 정밀 검사를 권하니까 갑자기 불안해졌어요. 그 뒤로는 기분도 우울하고 검사 결과가 안 좋으면 어쩌나 매일 걱정뿐이에요."

의뢰인이 이런 이야기를 하기에 나는 무심코 "네? 어디 아프세요? 건강해 보이는데" 하고 물었다. 그러자 그녀는 이렇게 말했다. "네? 저는 건강하죠. 저희 어머니 말이에요."

유착 관계가 형성되면 타인에게 일어난 일이 마치 자기 일처럼 느껴지는 현상이 일어난다. 그럴 때는 다음과 같은 훈련을 해 보자. 하루 동안 하는 모든 행동에 '나는', '남편은', '어머니는'과 같이 반드시 주어를 붙여서 생각해 본다. 예컨대 오늘 하루 동안 당신이 한 행동을 '나는'이라는 주어를 의식하며 떠올려 보자.

66 '나는' 시간에 맞춰 집을 나서 역으로 향했다. 하지만 '나는' 갑자기 잡지 발매일이 궁금해져서 편의점에 들렀고, '나는' 항상 타던 지하철을 놓치고 말았다. 그래도 다음 지하철이 한가해서 '나는' 앉지는 못했지만 편하게 회사 근처 역까지 올 수 있었다. '나는' 아는 경비

직원에게 인사를 하고 사무실에 들어갔다. 그리고 '나는' 책상을 정리하고 컴퓨터를 켠 후에 '나는' 오늘 해야 할 일을 확인했다. 🎗🎗

또한 친구와 문자나 SNS로 이야기를 할 때도 '나는'이라는 주어를 의식하며 대화해 보자. 단, 대화나 메시지 전부에 주어를 붙여 말하면 친구가 "너 왜 그래? 이상해"라며 의아해 할 수 있으니 주의하자.

마치 어린아이가 말하는 것처럼 들릴지도 모르지만, 위의 예문이 어색하다고 느낄 정도로 그동안 우리는 주어를 의식하지 않고 살았다. 이 훈련을 매일 의식적으로 하게 되었다면 다음에는 대화를 할 때도 주어를 의식해 보자.

'저는 오늘 바빠서 더 이상 일을 받을 수 없습니다.'
'내가 그 일을 도와줄까?'
'저는 A 안과 B 안, 둘 다 좋습니다.'
'저는 점심을 먹으러 다녀오겠습니다.'

상사나 동료와 이야기할 때도 '나는'을 붙여 보고, 다음과 같이 다른 사람의 일을 말할 때도 일부러 주어를 명확하게 붙여 보자.

'당신은 A 안에 찬성하십니까?'
'선배는 제가 그 일을 돕길 바라시죠?'
'매니저는 지금 경리 팀에 전표 정산을 하러 갔습니다.'

'나는', '당신은'과 같은 주어를 의식하며 이야기하면 그만큼 자신과 상대 사이에 선을 긋게 된다. 다시 말해 자신과 상대의 차이를 인식할 수 있게 된다. 상대의 마음을 잘 헤아리는 사람은 자신도 모르게 그 차이를 뛰어넘어 상대의 영역까지 파고들어 가 이것저것 살피고 배려하는 경우가 많다. 그러니 조금 귀찮고 말이 늘어지는 느낌이 들더라도 주어를 의식하는 습관을 들여 보자.

자신은 상대의 마음을 헤아려서 행동했는데 상대는 자
기 멋대로 행동하면 '사람 마음도 몰라준다'며 속에서 욱하
고 치밀어 오르기도 한다. 나와 상대는 다른 존재라는 사
실을 머리로는 이해하면서도 좀처럼 받아들이지 못해 자
기도 모르게 상대의 행동에 기대를 하기도 한다. 이럴 때는
'난 그 사람과 달라'라고 말해 보자.

이는 상대를 무시하거나 포기하겠다는 의미가 아니라 그 사람을 있는 그대로의 모습으로 받아들이겠다는 의미다. 같은 의미에서 '그 사람은 원래 그런 사람이야'라고 말해도 좋다. 이는 '사람은 다 다르다', '나와 그 사람은 다르다'라는 당연한 사실을 인식하는 훈련이기도 하다.

앞에서도 이야기했듯이 우리는 무의식중에 자신과 상대를 '같다'고 생각하며 자신이 느끼는 대로 상대도 느낀다고 믿어 버린다. 하지만 우리 모두는 각자 다른 환경에서 자랐고 각자의 가치관과 사고방식에 따라 행동한다. 같은 부모 밑에서 자란 형제조차 서로 다르다. 따라서 그 차이를 일부러라도 의식하기 위해 이 말을 해 보길 제안한다.

❝ 나와 그 사람은 다르다. ❞

이 말은 직장에서도 유용하게 사용할 수 있지만, 배우자나 가족에게 의식적으로 사용해 보는 것도 효과적이다. 특히 배우자의 경우는 자신과 생각이 같기를 바라기 때문에 차이를 깨달았을 때 큰 충격을 받기도 한다. 그래서 배우자를 두고 '나와 이 사람은 달라'라는 생각을 하면 사이가 멀어지는 것 같은 쓸쓸함을 느낄 수도 있다. 하지만 반대로 쓸쓸함을 느꼈다는 건 두 사람 사이가 지나치게 가까워서 문제가 있다는 사실을 암시하는 것일지도 모른다. 따라서 배우자와의 사이가 삐걱대고 있는 사람에게는 특별히 이 훈련법을 추천한다.

다른 사람의 마음을 살피는 버릇이 있는 사람은 '나는 괜찮으니까'라는 생각이 굳어져 자신도 모르게 습관처럼 자기보다 남을 우선한다. 대부분의 문제는 이런 습관이 만들어 내며, 자신에게는 당연한 일이 바로 문제의 원인이 된다.

'늘 좋은 사람'이었던 사람은 좋은 사람으로 사는 게 습관이자 당연한 일이기 때문에 그것이 문제의 원인이라는 사실을 인식하지 못해 인간관계에서 쉽게 피로를 느끼고 다른 사람과 얽히고 싶어 하지 않는다. 그래서 자기 기준을 확립하려면 일부러 자기 자신에게 냉정한 말을 던지는 방법이 의외로 효과적일 때가 많다.

평상시에도 '민폐 좀 끼치면 어때'라는 혼잣말을 해 보자. 처음에는 강한 거부감이 들겠지만 이 말이 당신의 인간관계를 편하게 해 줄 것이다. 이런 긍정적 단언은 잠재의식을 일깨우는 것이 목적이기에 '민폐를 끼친다'고는 하지만 말과 행동을 의식적으로 바꿀 필요는 없다. 이 말이 서서히 당신의 마음속에 자리 잡으면 상냥하고 배려심 많은 당신의 원래 성격과 조화를 이루어 사람을 대하는 방식이 변하기 시작할 것이다.

직장 내에서 항상 많은 일을 떠안고 겨우겨우 버티던 여성이 있었다. 동료들을 배려해서 하지 않아도 될 일까지 받아 놓고 '이 일을 하려면 ○○ 공부를 해야 한다'며 늘 자신을 한계 상황으로 몰아붙였다. 결국 지쳐 버린 이 여성은 자신이 원했던 일이었음에도 자신에게는 맞지 않는 일이라며 이직까지 생각했다.

이런 상황에서 '민폐 좀 끼치면 어때'라는 말을 해 보기를 제안했다. 처음에는 답답하기만 할 뿐 아무런 변화도 나타나지 않았지만, 어느 날 상사가 별로 내키지 않는 일을 부탁했을 때 자기도 모르게 "죄송해요. 지금 여유가 없어서 못 하겠어요!"라는 말이 입 밖으로 튀어나왔다. 예전 같으면 억지로 웃으며 "네!"하고 일을 받았을 텐데 그런 말을 한 자신에게 깜짝 놀랐다고 한다.

게다가 거절한 일로 상사에게 미움을 사지 않을까 걱정했지만 상사는 아무렇지도 않게 "그렇군. 미안해. 무리한 부탁을 했네. 다른 사람에게 부탁하지 뭐"라고 말하며 돌아갔다. 그 모습에 그녀는 한 번 더 놀라며 '뭐야. 내키지 않는 일은 거절해도 되는구나' 하고 깨닫고 그 뒤로는 하기 싫은 일은 하지 않겠다고 결심했다. 그 결과 원래 좋아했던 일에 더 집중할 수 있었고 이직 생각은 거짓말처럼 사라졌다고 한다.

자기긍정감은 자신의 좋은 점, 나쁜 점을 모두 있는 그대로 받아들이고 인정할 때 생긴다. 이를 위해 나는 '이게 바로 나야'라고 말해 보기를 자주 권한다. 예를 들어 상대의 마음을 헤아려서 행동했는데 오히려 그 일이 뒤통수를 치는 경우 우리는 무심코 자신을 탓하거나 상대를 나쁜 사람으로 몰아가고 싶어진다. 하지만 사실 누구의 잘못도 아니며 그저 생각이 엇갈렸을 뿐인 경우가 대부분이다. 이럴 때 이 말을 떠올려 보자. '이게 바로 나인걸.'

자신을 인정하면 그다음에는 상대를 인정하기도 쉬워진다. 이때 작용하는 심리가 앞에서 이야기한 '난 그 사람과 달라'이다. 이 말들을 함께 머릿속에 넣어 두면 자기 기준을 분명하게 확립할 수 있어 짧은 시간에 기분이 놀랄 만

큼 홀가분해진다. 그리고 '이게 바로 나야'라는 말의 앞뒤
에 다른 말을 붙여서 재구성할 수도 있다.

> 66 좋은 일이라는 생각에 나도 모르게 상대의
> 기분을 살피게 돼. 내가 이렇다니까. 99
> 66 할 말이 있어도 분위기를 생각해 담아 둘 줄
> 아는 사람이 바로 나지. 99
> 66 나나 되니까 피곤해도 상대를 배려하는 거야. 99

어떤가. 이 말들이 자신을 위로하고 평온함을 안겨 주는
듯하지 않은가? 헤아림 능력이 뛰어난 사람은 상대의 마음
에 민감한 만큼 쉽게 자기 자신을 탓하는 경향을 보인다.
이럴 때 자신을 탓하지 않도록 나 자신은 반드시 내가 지
킨다는 생각을 가지면 마음을 안정시킬 수 있고 자기 기준
을 확립하는 일에 도움이 된다.

'이게 바로 나인걸'이라 말하며 자기 자신을 보듬어 준
다. '잘했다. 훌륭해, 멋져'라고 칭찬해 준다. 이렇게 자신을
소중히 여기면 애써 마음을 써 봤자 아무도 알아주지 않던
자신을 스스로 위로할 수 있다.

나의 매력과 가치를
더욱 빛나는 것으로
만들어 주는 사람

남의 기준에 맞추게 되는 이유를 살펴보면 자신을 하찮은 존재로 취급하는 심리가 영향을 미치고 있는 경우가 많은데 이를 '무가치감'이라 한다. '나는 가치 없는 인간이 아닐까?'라고 생각하는 것이다.

무가치감을 강하게 느끼면서 다른 사람의 감정을 잘 읽어 내는 사람은 자기 일은 내팽개치고 상대의 기분에만 관심을 보인다. 그리고 상대가 기분 상하지 않도록 행동하면서 자신의 부족한 가치를 채우려고 한다.

세상에 가치 없는 사람은 없다. 누구나 무엇과도 바꿀 수 없는 자신만의 가치를 가지고 있다. 하지만 우리에게는 자신의 가치를 좀처럼 인정하지 않으려는 심리가 있다. 우리가 가진 가치는 각자의 입장에서 보면 너무나도 '당연'한 것들뿐이다.

'천성이 상냥한 사람은 별생각 없이 행동해도 상냥하다.'
'눈치가 빠른 사람은 그 상황에서 필요한 일을 알아차리고 자연스럽게 행동으로 옮긴다.'
'다른 사람의 마음을 헤아릴 줄 아는 사람은 그냥 자연스레 그렇게 된다.'

그러니 자기 입장에서 보면 전혀 특별한 일이 아니다. 설령 주변에서 "너는 참 상냥하고 센스도 정말 좋아"라는 말을 듣더라도 "정말? 그냥 평범하지 뭐. 나보다 상냥하고 센스 좋은 사람은 얼마든지 있어"라고 대답해 버린다. 그러니 먼저 자신의 가치를 스스로 인식해야 한다.

> **66** 자기 입장에서 보면 너무나 당연한 일이지만,
> 그것이 바로 당신의 가치다. **99**

이 법칙을 반드시 기억하길 바란다. 자신의 가치를 깨닫기 위한 훈련은 많지만, 여기서는 내가 세미나에서 자주 사용하는 방법을 소개하려 한다.

첫 번째 질문, 당신 주변의 사람들은 어떤 가치와 매력을 가졌는가?

두 번째 질문, 당신은 어떤 사람을 동경하는가?

뒷부분을 읽기 전에 꼭 답을 적어 두자. 자, 이제 천천히 당신이 적어 놓은 목록을 살펴보자. 놀랍게도 당신이 적은 주변 사람들의 가치와 매력은 전부 당신 자신의 가치와 매력을 나타낸다. '뭐? 믿을 수 없어! 아니야!'라고 생각할 수도 있다. 실제 세미나를 열 때마다 그런 말을 많이 듣는다. 두 질문 모두 앞에서 이야기했던 투영의 법칙을 활용한 것이다.

다시 한번 말하자면 투영이란 '자신의 마음이 외부 세상

에 그대로 비치는 것'이다. 혹시 주변에 밝고 긍정적이며 사람 마음을 잘 헤아리는 상냥한 사람이 많다고 느꼈다면 당신 안에 밝음과 긍정, 헤아림, 상냥함이 있다는 증거다. 그런 감정들이 당신 안에 있기 때문에 당신은 다른 이에게 서 그런 매력을 발견할 수 있다. 당신이 밝지 못하면 상대 의 밝음도 찾아낼 수 없다. '아니야. 그렇지만 나는 정말 어 두운 사람인걸'이라고 생각할지도 모른다. 하지만 밝은 사 람이라 한들 24시간 밝은 상태일까? 아무리 밝은 사람이라 도 가끔은 어두워질 때가 있다.

앞에서 이야기했듯이 자신이 가진 매력과 가치는 좀처 럼 스스로 깨닫기 어렵다. 그러다 보니 이렇게 느끼는 사람 도 있다. "저는 다른 사람에게 밝다는 이야기를 들어 본 적 이 없어요."

우리는 자신의 가치를 다른 사람에게 인정받아야만 비 로소 가치 있다고 생각한다. '밝다고 인정 해 주는 사람이 열 명은 있어야 밝다고 할 수 있지'라는 식이다. 또한 우리 는 남의 기준에 맞추고 있을 때 다른 사람과 자신을 더 비 교하고 나보다 밝은 사람은 얼마든지 있다고 생각한다.

나는 "자신이 세상에서 가장 밝은 사람이라고 생각하

라!"고 말한 적이 없다. 그런데도 대부분 그런 식으로 해석하는 것이다. 또한 밝은 마음을 가지고 있으면서 스스로 그것을 활용하고 있는지조차 모른다. '나는 어둡다'라는 생각이 굳어지면 자기 안에 밝음이 있어도 안으로 감추기만 한다. 따라서 이 훈련들은 당신의 숨은 매력과 가치를 찾아주는 방법이라 할 수 있다. 부디 '아, 이게 내 매력이구나' 하고 받아들이길 바란다.

두 번째 질문의 답으로 당신이 적은 사람은 당신이 가진 매력을 상징하는 인물이다. 우리는 이런 사람을 '동경'한다고 느낀다. 여기에도 역시 투영의 법칙이 적용된다.

> ❝ 당신이 동경하는 사람은 당신이 가진 매력과
> 가치를 더욱 빛나는 것으로 만들어 주는 사람이다. ❞

자신의 가치를 깨달으면 무가치감의 덫에서 벗어나 자신이 가치 있는 존재라는 사실을 알게 된다. 이를 통해 자기 기준이 확립되면 필요 이상으로 상대를 배려하는 일도 사라질 것이다.

그게 다 내가 사람을 좋아해서 그래

우리는 늘 누군가를 위해 애써 왔다. 어릴 적에는 엄마, 아빠를 위해, 학교에 가서는 친구들과 선생님을 위해, 어른이 되서는 애인과 친구, 동료, 상사, 회사를 위해서 많은 노력을 해 왔다.

우리는 스스로를 칭찬하는 데 인색하다. 자기 기준을 확립하고 자기긍정감을 높이려면 스스로 자신을 인정하는 것이 무엇보다 중요하다. 즉 '자기 인정'이 필요하다.

혹시 어렸을 적부터 어머니가 남의 흉을 볼 때 옆에서 들어 드리지 않았는가? 아버지나 할머니, 친척들의 흉을 보는 어머니 옆에서 늘 이야기를 들어 드리고, 때로는 위로해 드렸던 이유는 무엇일까? 그만큼 어머니를 사랑하고 어머니의 웃는 얼굴이 보고 싶었기 때문이 아닐까. 고작 어린 아이이면서 상당히 애를 썼던 것이다.

또한 어머니를 조금이라도 편하게 해 드리려고 말을 잘 듣고, 집안일을 도와 드린 적은 없는가? 얼마 전 한 여성에게 어머니를 기쁘게 해 드리려고 초등학교에 들어가기 전부터 청소기를 돌리고 저녁 준비를 돕거나 설거지를 하기도 했다는 말을 들었다. 이것 역시 누구나 쉽게 할 수 있는 일은 아니다. 그래서 그녀에게 "굉장한 일을 하셨네요!"라고 말했더니 "그렇죠? 지금 생각해 보면 그렇게 어린 나이에 집안일을 도왔다니 참 기특하네요. 지금까지는 그런 생각을 전혀 못 했어요"라는 대답이 돌아왔다.

그런 자신에게 '기특하네, 참 잘했다'고 말해 주고 싶지 않은가? 어쩌면 학생 시절 힘들고 괴로운 일이 있었는데도 어머니에게 걱정을 끼치고 싶지 않아 혼자서 꾹 참았던 일도 있었을지 모른다. 집단 괴롭힘을 당하는 아이들 대부분이 부모님께서 충격을 받거나 슬퍼할지도 모른다는 생각에 말을 꺼내지 못하고 속앓이를 한다.

　참으로 지극한 효심인 것은 맞지만 당연히 이런 자신을 인정하는 일은 쉽지 않다. 가능하면 과거의 일 따위 떠올리고 싶지 않다는 사람도 있을 것이다. 하지만 지금부터는 일부러라도 그렇게 열심히 참고 노력해 온 자신에게 칭찬의 말을 건네 보자.

❝ 잘했다. 잘 견뎠어. 훌륭해. ❞

　아버지와 어머니가 다투면 화해시키려고 애써 본 적이 있는가? 겁이 많은 동생을 지키려고 애썼던 적은? 그런데 당신은 이렇게까지 가족을 사랑하는 자신을 제대로 인정해 준 적이 있는가? 실연을 당해 우울한 친구를 위로하고 이야기를 들어 주거나, 후배의 실수를 덮어 주려고 밤늦게까지 야근을 한 적도 있을 것이다. 당신은 지금까지 남을 위해 얼마나 애를 써 왔는가?

　타인의 마음을 헤아리는 능력이 뛰어난 사람은 주변 상

황을 한눈에 파악할 수 있다. 곤란에 처한 사람이나 괴로워하는 사람을 보면 가만히 있질 못한다. 그런 자신을 인정하는 일, 즉 자기 자신에게 '잘했다. 애썼어. 훌륭해'라고 말해 주는 일, 그것이 자기 인정이다.

자기 인정은 자신감을 키우고 자기 기준을 세워 자기긍정감을 높여 준다. 다른 사람에게 칭찬받지 못해도 괜찮다. 그저 스스로를 인정해 주는 것으로 충분하다.

어째서 다른 사람의 마음을 이토록 신경 쓰는 걸까?
어째서 좋은 일이라며 상대에게 맞추기만 할까?
어째서 주변 분위기를 살피며 하고 싶은 말을 참을까?
어째서 상대를 위해 그 많은 에너지를 소모할까?
어째서 상대의 마음을 이토록 잘 헤아릴까?

자신이 없어서? 자기긍정감이 낮아서? 미움받고 싶지 않아서? 아니, 애당초 어째서 그런 일들이 가능했는지 생각해 보면 '사람이 좋아서'가 아닐까?

당신이 지금까지 남을 위해 애써 온 일도 그렇고, 자신도 모르게 상대의 마음을 헤아리는 것도 전부, 애당초 사람을 좋아하지 않으면 불가능한 일이다. 사람을 싫어한다면 남을 위해 그렇게 많은 에너지를 소모할 리가 없다.

예컨대 당신이 미스터 칠드런(일본의 유명 록밴드 - 역주)을 좋아하지 않는다면 필사적으로 티켓팅을 하거나, 일부러 휴가를 내고 버스 멀미를 참아가며 라이브 공연을 보러 갈 리가 없다. 쓸데없이 피곤하기만 할 뿐이다. 하지만 그들의 팬은 그 만한 에너지를 들일 가치가 있다고 생각하기 때문에 그런 행동을 할 수 있다. 당신이 다른 사람의 마음을 헤아리거나 분위기를 살피는 것도 타인에게 그만한 에너지를 들일 가치가 있다고 생각했기 때문은 아닐까? 그만큼 당신이 사람을 좋아한다는 뜻이다.

자신이 사람을 좋아하기 때문에 그 마음을 헤아려서 행동한다는 사실을 깨달으면 우리는 금세 자기 기준을 되찾을 수 있다. '좋아한다'거나 '두근거린다'는 감정은 우리 마음속 깊은 곳에서 솟아 나오는 자연스러운 감정이기 때문이다. 이런 감정은 불안이나 죄책감보다 훨씬 강한 사랑에서 우러난다. 자신이 사람을 좋아한다는 사실을 깨달으면 무심코 다른 사람의 마음을 살피는 행동을 하더라도 이를 긍정적으로 받아들일 수 있다.

상대방의 문제 | 내가 할 수 없는 일은

“ 본인이 할 수 있는 일인가요? ”

    심리 상담을 할 때 나는 자주 이런 질문을 한다. 상대의 마음을 잘 헤아리는 사람은 무심코 상대와 나 사이에 존재하는 경계선을 넘어 상대의 영역을 침입하는 경우가 많다. 이는 물론 상대를 너무 잘 알거나 상대의 마음을 지나치게 배려하기 때문이지만, 이때 우리는 자신도 어찌할 수 없는 일에 발을 들여놓기도 한다.

상대의 마음과 생각, 가치관, 행동은 모두 상대의 것이지 내가 어떻게 할 수 있는 문제가 아니다. 반면 나의 마음과 생각, 가치관, 행동은 내 마음대로 바꿀 수 있다. 자신이 할 수 있는 일과 할 수 없는 일을 분명히 구분해 두지 않으면 자기 힘으로는 어찌할 수 없는 일에 휘둘리게 된다.

앞에서 이야기했던 FR 씨의 경우 피곤한 어머니를 편하게 해 드리려고 집안일을 도왔지만 어머니의 방식과 달랐던 탓에 핀잔을 듣고 말았다. 게다가 그 뒤로는 도움이 안 된다고 생각하셨는지 도와 드린다고 해도 거절하셨다.

FR 씨는 어머니를 편하게 해 드리고 싶었지만 그 마음을 제대로 보여 드리지 못해 슬프고 화가 났으며 잘못된 방식으로 일을 더 만든 자신이 원망스러웠다. 하지만 그에게는 아무 잘못이 없다. 그는 자신이 할 수 있는 일을 했다. 일하는 방식이 자신과 다르니 '가만있는 게 돕는 거다'라고 생각하셨다면 이는 어머니의 생각이니 그가 어찌할 수 있는 문제가 아니다.

나름대로 좋은 일이라 생각해서 최선을 다했다면 그것

으로 됐다. 그것을 어떻게 판단할지는 상대의 문제다. 우리는 자주 상대의 반응이나 판단, 감정에 휘둘리는데 '내가 어찌할 수 있는 문제가 아닌 상대방의 문제다'라며 명확하게 선을 그으면 자신을 탓하거나 부정하고 필요 이상으로 슬퍼할 일이 사라진다.

물론 어머니를 편하게 해 드리고자 했던 일이니 '할 수 있는 일이 더 있지 않았을까? 어머니에게 제대로 방법을 배워 두었으면 좋았을 텐데' 하고 새로운 후회를 할 수도 있다. 하지만 그 당시에는 그것이 최선이었다. 그리고 못하는 일이 있거나 몰랐던 사실이 있었다면 배워서 다음에 활용하면 된다. 이렇게 자신에게 '내가 할 수 있는 일인가?'라는 질문을 던지며 상대와의 사이에 선을 긋는 것이 바로 자기 기준을 확립하는 최선의 방법이다.

너무 냉정하게 선을 긋는 것이 아닌가 하는 생각이 든다면 당신은 정말 상냥한 사람이다. 하지만 오히려 그 상냥함이 상대의 영역까지 파고들어 가는 위험을 무릅쓰게 만들어 안타까운 경험을 하게 만들 수 있음을 잊지 말자.

남의 기준에 맞춰 살면 상대의 인정이 곧 내 행동의 가
치를 평가하는 전부가 된다. 최선을 다해 노력했고 상대
의 마음을 헤아려서 움직였으며 분위기를 살피면서 행동
했더라도 상대에게 인정받아야만 비로소 그 행동에 가치
가 있다고 여긴다. 그러다 보니 타인에게 인정받지 못하면
아무리 시간이 흘러도 자신의 행동이 가진 가치를 느끼지

못한다.

앞서 말한 대로 다른 사람의 평가는 내가 어찌할 수 있는 문제가 아니다. 다른 사람에게 인정받아야만 가치를 느낄 수 있다면 아무리 오랜 시간이 흘러도 자신의 가치를 깨달을 수 없다. 이와 같은 인정 욕구는 누구나 가지고 있지만 이것이 지나치게 강해지면 다른 사람의 평가에 휘둘리게 된다. 그러니 무엇보다 자기 기준이 중요하다.

자기 기준이 서 있다는 것은 스스로 자신을 평가할 수 있다는 뜻이다. 이는 '그 방법은 좋지 않았다. 그보다는 이렇게 하는 편이 나았다'라며 엄격한 판정을 내리는 평가가 아니라 자신이 노력했던 일이나 스스로 한 일을 제대로 칭찬해 주는 평가를 말한다. 무엇이든 상관없으니 하루에 다섯 번 자신을 칭찬하라.

무엇이든 상관없다. 대단하지 않아도 된다. 오히려 '아침에 일어나서 깨끗이 세수를 했다', '신호를 잘 지켰다', '자전거를 자전거 보관대에 묶어 두었다'와 같이 당연하다고 느끼는 일이 더 효과가 좋다. 사소한 일로 자기 자신을 칭찬하는 습관이 생기면 하루에 다섯 번이 아니라 수백 번도 더 자신을 칭찬할 수 있다.

'고작 그런 방법이 효과가 있을까?' 생각하는 사람도 많겠지만 반드시 실천해 보길 바란다. 한두 달 지속하다 보면 다양한 효과가 나타난다. 이 방법을 통해 자기혐오가 사라졌다고 말하는 사람을 많이 보았다.

예전부터 자신감이 없고 버릇처럼 자신을 부정하던 사람이 있었다. 남의 마음을 헤아리는 능력은 뛰어났지만 주변 사람들에게 휘둘리는 일이 많아 거의 모든 면에서 남의 기준에 맞춰 살고 있었다. 그러던 중에 자기 자신을 칭찬하는 이 방법을 실천하게 되었다.

처음에는 퇴근길 지하철에서 다섯 번, 스마트폰 메모장에 적도록 했는데 이것조차 어려워 지하철에 타고 있는 40분 내내 어떤 것을 칭찬해야 할지 고민만 했다고 한다. 하지만 익숙해지자 칭찬 다섯 번 정도는 금방 할 수 있게 되었다. '될 수 있는 한 작은 일을 칭찬해 보라'는 내 말을 떠올리면서부터 요령이 생겼다고 한다. 역시 처음에는 자신을 칭찬할 만한 대단한 일을 찾고 있었던 모양이다.

'후배가 힘들어하는 모습을 보고 도움의 손을 내밀었다', '상사의 의도를 잘 파악해 자료를 만들었다', '손님 대접에 소홀함이 없었다' 등등 뭔가 그럴싸한 일만 찾고 있었던 것이다. 그러다 작은 일로 자신을 칭찬하기 시작하면서 칭찬 거리를 찾는 일이 점점 즐거워졌다. 게다가 시시하고 뻔하 다고 생각했던 작은 일이었기에 더 재밌었다. 언젠가부터 는 무슨 일이든 하고 나면 바로 '아, 칭찬할 일이 또 생겼 네'라는 생각을 하게 됐다.

회사 엘리베이터에서 뒤에 타는 사람을 위해 열림 버튼 을 눌러 주었을 때 '아, 이거 칭찬할 만한 일인데' 하며 기 뻐하거나, 회식 자리에서 옆자리에 앉은 사람에게 음료수 를 건네주면서 '아, 칭찬할 일이 또 하나 생겼네'라는 생각 을 하기도 했다. 그러다 어느 날 문득 돌아보니 온종일 자 신을 칭찬하고 있었다.

한번은 일을 하다가 실수로 거래처에 피해를 주게 되었 는데 예전 같으면 심하다 싶을 정도로 자신을 탓하고 온종 일 풀 죽어 있었겠지만 자연스럽게 '실수는 누구나 하는 거 지. 다음에는 더 잘하자'는 생각이 들었다. 그런 생각을 하 는 자신의 모습에 스스로도 깜짝 놀랐다고 한다. 이제 그녀 는 오랜 시간 자신을 괴롭혔던 자기혐오도 거의 사라지고 주변 사람들에게 휘둘리는 일도 줄었다며 기뻐했다.

얼마간 시간이 흘러 나를 다시 찾아온 그녀는 자신의 스마트폰 메모장을 열어 내게 보여 주었다. '편의점 아르바이트생에게 고맙다고 말했다', '회식을 하고 늦게 들어가서도 샤워를 하고 잤다', '샐러드를 만들어 먹었다' 등등 거기에는 일상에서 일어나는 사소한 일들이 빼곡히 적혀 있었다. 그녀의 표정은 몰라보게 밝아졌으며 그런 그녀를 보고 나도 무척 놀랐다.

이제 그녀의 헤아림 능력은 더 효과적으로 발휘되었고 주변 사람들의 일이 전보다 더 잘 보였으며, 필요에 따라 먼저 말을 건네기도 하다 보니 나중에는 '○○ 씨는 정말 센스 있는 사람'이라는 소리까지 듣게 되었다.

더러운 물이 들어있는 컵에 깨끗한 물을 조금씩 떨어뜨리면 언젠가는 깨끗한 물이 된다. 마찬가지로 자기혐오나 남의 기준에 맞춘 행동을 직접적으로 바꾸지 않고 의식적으로 자신을 칭찬하는 횟수를 늘리며 상대적으로 자기혐오나 남의 기준에 맞춘 행동의 비율을 줄여 나가 보자. 갑자기 달라진다기보다는 천천히 변해 가기 때문에 평소에는 그 변화를 잘 느끼지 못하지만 앞에 이야기한 여성처럼 (업무 중에 일어난 실수 같은) 특별한 일이 생겼을 때, 자신의 태도가 이전과는 달라졌다는 사실을 깨닫게 될 것이다.

모든 문제는
「자작극」

'어? 지금 이 생각은 내 기준이 아닌데.'

이런 생각이 들었을 때 '나는 나'라는 혼잣말을 해 보는 방법도 효과적이지만 몸에 신경을 집중시켜 자신을 되찾는 방법도 있다. 두 다리에 신경을 집중해서 땅에 다리가 닿아 있다는 사실을 확인하는 것이다. 살짝 다리를 움직여 보면서 다리가 땅에 닿아 있다는 사실을 의식적으로 확인해 보자. 다리에 신경을 집중하면 마음이 안정되면서 자기 자신으로 되돌아올 수 있다.

주변 사람들을 신경 쓰며 남의 기준에 맞추고, 그 사람이나 상황에 휘둘리고 있을 때는 그 생각에 온 신경을 집중하느라 과부하가 걸린다. 이런 상태에서는 멍하니 집중하지 못한 채로 주변 상황에만 마음을 쓴다. 이때 다리가 땅에 닿아 있다는 사실을 확인하면 남을 생각하는 데만 집중하던 신경을 자기 쪽으로 돌릴 수 있다.

일본에서는 무언가를 결심했을 때 '배肚를 정한다', 각오를 다졌을 때 '배肚를 동여맨다', 이해하고 받아들였다는 의미로 '배肚에 들어갔다'는 표현을 자주 사용하는데, 여기서 '배'는 배꼽 바로 아래에 있는 단전을 의미하며 흔히 기와 정신이 모이는 곳으로 여겨진다.

단전에 신경을 집중하면 자신을 잃어버리지 않고 자기다운 모습을 유지할 수 있다. 그러니 주변 사람들에게 휘둘리면서 머리로 고민만 하는 상태에서 벗어나 자기 기준을 되찾으려면 단전에 신경을 집중해야 한다. 그런데 배꼽 바로 밑, 단전에 신경을 집중하는 것도 좋지만, 그보다 더 아래에 있는 다리에 집중하면 생각에서 벗어나기도 쉽고 집중하기도 편하다. 그래서 나는 일부러 단전이 아니라 다리에 신경을 집중하라고 말한다.

'자신에게 일어난 문제는 스스로 원하고 필요하다고 생각해서 벌인 일이다, 즉 모든 문제는 자작극이다.'

일어난 모든 문제에 대해 이런 생각을 따르면 누군가의 탓으로 돌리거나 피해자가 되지 않고도 자기 기준에서 문제와 마주할 수 있다.

예를 들어 나한테만 쌀쌀맞게 구는 상사가 있을 때 누군가에게 '그 상사 참 너무하네. 여기저기 배려하며 애쓰고 있는데'라는 말을 들으면 마음이 놓인다. 물론 심적으로 이런 공감도 중요하지만, 그것만으로는 상사와의 관계를 개선할 수 없다. 다음과 같이 '나는'이라는 주어를 붙여 자기 기준에서 생각해 볼 필요가 있다.

'어째서 나는 저런 상사를 선택했을까?'

'어째서 나는 상사의 태도가 쌀쌀맞다고 느끼는 걸까?'

'어째서 나는 상사가 친절하게 대해 주기를 바라는 걸까?'

모든 상황은 내가 스스로 원한 자작극이라 해석해 보자. '원한 적 없다!'고 생각할지도 모르지만, 어디까지나 상황을 바라보는 견해의 하나로 제안하는 것이다. 이렇게 자작극이라고 가정하고 상황을 다시 곱씹어 보면 의외의 해결책이 떠오르는 경우가 있다. 가령 '내가 스스로 선택한 회사에서 쌀쌀맞은 상사를 만났으니 이건 어쩌면 이 회사를 그만두고 진짜 하고 싶은 일, 좋아하는 일을 하라는 메시지가 아닐까?' 이런 답이 보일 수도 있다. 물론 답은 하나가 아니다.

자작극이라 생각해 보는 사고방식은 자기 기준을 명확하게 하는 효과가 있다. 그러니 퀴즈를 푸는 느낌으로 다음과 같이 생각해 보자.

'혹시 열심히 일해도 아무도 알아주지 않는 상황을 내가 원하고 있다면 어째서일까?'

'분위기를 살펴서 먼저 행동하는데도 아무런 보상을 받지 못하는 상황을 내가 바라고 있었다면 어째서일까?'

이런 식으로 생각해 가다 보면 딱 맞는 답을 찾을 수 있다. 사실 이런 질문은 우리 마음속 깊은 곳에 있는 잠재의식을 깨우는 질문이기 때문에 자신의 진심을 알게 되는 효과가 있다. 단 잠재의식이 찾아낸 답을 받아들이려면 거기에 맞는 훈련이 필요하니 한동안은 반드시 자작극이라는 생각에 근거해서 퀴즈를 풀어 보자. 자기 기준을 확립하게 되는 것은 물론, 자신도 몰랐던 진심을 깨달으면서 마음속의 가면이 벗겨질 가능성도 크다.

감
정
은

똥
!

　인간관계를 원만하게 유지하기 위한 효과적인 사고방식
으로 '자기감정에 책임을 진다' 만한 것이 없다.
　애써 상대의 마음을 헤아려서 행동했는데 상대가 전혀
알아주지 않아서 서글퍼지고 화가 났다고 치자. 물론 그런
감정이 든다고 해서 잘못은 아니며 오히려 자연스러운 현
상이라 생각한다.

'애써 배려해 줬는데 태도가 그게 뭐야, 너무해!'

'그런 태도를 보이다니 나를 하찮게 여기는구나.'

'역시 나 같은 사람이 노력해 봤자 도움이 안 돼.'

하지만 이렇게 상대를 탓하거나 스스로를 비하하게 되면 인간관계는 더욱 나빠지고 자기부정도 더 심해진다. 자기가 한 행동 때문에 서글퍼지거나 화가 날 때는 '이건 내가 느끼는 감정이다'라는 당연한 사실에 눈을 돌려 보자.

같은 상황에서도 슬퍼하지 않는 사람이 있고 화는커녕 그 상황을 즐기는 사람도 있다. 상대의 태도 때문에 기분이 상했다 해도 기분을 망친 사람은 나 자신이며 이는 상대의 탓이 아니다. 상대의 태도를 부정적인 마음으로 받아들였기 때문에 감정이 혼란스러운 것이다. 당신이 나쁘다, 잘못했다는 말이 아니다. 어떤 감정이든 자기 자신이 느끼고 만들어 낸 감정이라는 사실을 깨닫기 바랄 뿐이다.

자기감정을 처리할 수 있는 사람은 자기 자신뿐이다. 그런데도 우리는 무심코 '나를 이렇게 서글프게 만들다니 책임져!'라며 상대에게 감정 처리를 미루고 있지는 않은가? 하지만 이런 태도야말로 나의 삶을 남의 기준에 맞춘 것이다. 상대가 당신의 기분을 풀어 줄지 말지는 당신이 어찌할 수 있는 문제가 아니다. 상대의 태도에 따라 자신의 감정이 흔들렸다면 이는 자기 자신의 책임이다. 따라서 자기가 느낀 감정을 스스로 잘 처리하는 것이 자기 기준에 맞춰 사는 비결이다. 그러니 자신의 감정을 해소할 수 있는 방법을 알아 두어야 한다.

　나는 '원망 노트'를 자주 권한다. 분노나 짜증, 불합리함, 슬픔, 외로움, 죄책감까지 자신이 느낀 감정을 노트에 써 내려 가는 방법이다. 감정은 확실히 인지하면 해소된다는 특징이 있다. 그래서 나는 세미나에서 자주 '감정은 똥이다'라는 표현으로 청중을 웃긴다.

❝ 느끼고 싶지 않은 감정을 느꼈다면 그것은 그저 조금 곤란한 상황에서 배가 아파 왔을 때와 같은 겁니다. '하필이면 이럴 때……'라는 생각도 들지만 바로 화장실을 찾아서 뛰어가시죠? 감정도 마찬가지입니다. 이미 느낀 감정은 지울 수가 없으니 될 수 있는 한 안전한 방법으로 배출해야 합니다. ❞

볼일을 볼 때 사용하는 변기의 역할을 하는 것이 바로 원망 노트다. 그 밖에도 감정을 해소하는 방법은 많다. 다른 사람에게 털어놓기만 해도 홀가분해지고, 몸을 움직여서 땀을 흘리는 방법도 효과적이다. 큰소리로 노래를 불러도 기분이 풀린다. 주부라면 화를 담아서 청소기를 돌리거나 설거지를 했더니 어느새 기분도 풀리고, 깨끗해진 방과 그릇처럼 마음도 깨끗해진 경험이 있을 것이다.

자기가 느낀 감정은 어떤 사연이 있든 자신의 감정이므로 스스로 확실히 처리한다. 이것이 자기 기준으로 사는 법이다. 이를 위해서라도 스스로 감정을 해소하는 방법을 다양하게 알아 두길 바란다.

Part 3

남에게서 나에게로,
배려의 방향을 틀다

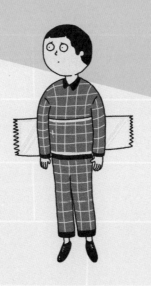

상대의 마음을 잘 헤아리는 사람은 '미움받기 싫다', '민폐를 끼치고 싶지 않다'라는 동기가 있기는 하지만, 기본적으로 사람의 마음을 살필 줄 아는 다정한 사람이다. 그래서 부탁을 받으면 거절하지 못하고, 곤란에 빠진 후배를 보면 그냥 내버려 두지 못한다. 그렇게 상대의 마음을 헤아려 행동하면서 생색내기도 싫어하니 알아주는 사람도 없다. 물론 알아주기를 바라거나 칭찬을 받고 싶어서 한 일은 아니지만, 아무리 그래도 고마워하는 기색이 전혀 없으면 조금 쓸쓸해지기 마련이다. 이런 사람에게는 '일부러' 냉정한 사람이 되어 보라고 권한다.

당신 주변에 '감정이 메말랐다'는 소리를 듣는 사람이 있는가? 혹시 그런 사람이 있다면 모델로 삼아 보자. 여기서 말하는 냉정한 사람이란 다음과 같은 태도를 취하는 사람이다.

- 자신의 의견을 분명히 말한다.
- 주변 상황과 관계없이 자기 일이 끝나면 바로 퇴근한다.
- 상사 앞에서 주눅 들지 않고 일을 시켜도 바쁘면 거절한다.
- 인사는 하지만 대화에 감정이 드러나지 않는다.
- 회식이나 환영회, 환송회에 참석하지 않는다.
- 직장에서 약간 겉돌며 때로는 따돌림을 당하기도 한다.
- 자기만의 세계를 가지고 있으며 좀처럼 마음을 열지 않는다.
- 다른 사람에게 별로 관심이 없다.

헤아림 능력이 뛰어난 당신은 어쩌면 자신도 모르게 이

런 사람에게 휘둘리고 있을지도 모르고, 이런 타입의 사람을 거북해 할 수도 있다.

나는 늘 인간관계에서 "불편한 사람을 스승으로 삼으라"고 말한다. 자신과 스타일이 전혀 달라 대하기 불편한 사람이 바로 자신에게 가장 중요한 사실을 가르쳐 줄 스승이다. 당신이 그들을 불편하다고 느끼는 이유는 당신 자신이 싫어서 감추고 있는 부분을 그들이 드러내어 보여 주고 있기 때문이다. 따라서 냉정한 사람, 메마른 사람이 불편하다면 당신도 이와 같은 면을 속에 감추고 억지로 사람들을 따뜻하게 대하고 있었던 걸지도 모른다. 이것이 바로 인간관계를 힘들게 만드는 요인이다.

나는 가끔 그들의 생각과 행동을 흉내내 보라고 말한다. 물론 처음에는 힘들다. 하지만 점점 홀가분해지고 어깨에 힘이 빠지는 것을 느끼게 된다. 자기 기준만 제대로 세워져 있으면 다정한 당신이 그들의 사고방식을 받아들였다고 해서 완벽하게 그들처럼 되는 일은 절대 일어나지 않는다. 당신의 상냥함과 그들의 냉정함이 적당히 섞일 뿐이니 안심해도 좋다. 그보다 때로는 냉정한 태도를 취할 수 있다면 행동의 선택지가 넓어진다는 사실에 주목해야 한다.

'저 친구 지금 좀 힘들어 보이네. 도와줄까'라는 생각이 들다가도 '아니야, 아니야. 지금 나도 바쁘잖아. 우선 내 일부터 처리하자'라며 마음을 다잡거나, 솔직히 스트레스만 받아서 가고 싶지 않았던 회식 자리를 거절할 수 있게 된다. 자신에게 허가를 내려 주자.

❝ 때로는 냉정해져도 괜찮아. ❞

아무것도

기대하지 않아!

이 방법도 '냉정한 사람이 되자'는 생각과 비슷하다. 앞에서 언급했듯이 상대의 마음을 잘 헤아리는 사람은 무의식적으로 상대도 나와 같은 행동을 하기를 기대한다. 나와 그 사람이 다르다는 사실을 머리로는 이해하지만, 무심코 '내가 당신의 마음을 헤아리듯이 당신도 내 마음을 헤아려 주었으면 좋겠나'고 기대한다. 그래서 의식적으로 '다른 사람에게 기대하지 않는다'는 생각을 하는 것이 인간관계를 오히려 편안하게 만드는 비결이다.

다른 사람에게 기대하지 않는다고 하면 다른 사람에게는 전혀 관심이 없는 사람 같지만 원래 헤아림 능력이 뛰어난 당신에게는 오히려 '상대의 반응에 상관없이 내 뜻을 밀고 나가겠다'는 선언이 된다.

상대의 마음을 헤아려서 행동했는데 상대가 기대한 반응을 하나도 보이지 않으면 역시나 보상받지 못했다는 생각이 들고 화가 나기 마련이다. 하지만 사실 우리는 그 행동을 하기 전부터 '상대가 기뻐해 줄까? 고마워하겠지?'라며 기대하고 있었다. 다시 말해 '상대가 기뻐하고 고마워할 테니 상대의 마음을 헤아려서 행동해야지'라고 생각하고 있었던 것이다.

지금부터 '다른 사람에게 기대하지 않는다'고 선언해 보자. 그러면 상대가 기뻐하든 말든 내가 하고 싶을 때 한다는 자세를 취할 수 있다. 상대의 마음을 헤아려서 하는 행동이 자신이 하고 싶어서 하는 행동, 즉 자기 기준에 따른 행동으로 변한다. 이 방법은 다른 사람의 마음을 살피는 버릇을 고치는 일에 반드시 도움이 된다.

분위기를 살피며 행동하면 아무래도 자신의 마음보다는 주변 상황을 우선하게 된다. 친구와 밥을 먹으러 갈 때도 자기도 모르게 모두가 좋아할 만한 메뉴를 제안하려고 한다. 그 메뉴가 자신도 좋아하는 음식이라면 상관없지만, '오늘은 일식이 먹고 싶은데'라는 생각을 하면서도 분위기에 맞춰 '이탈리아 요리가 좋겠지' 하고 제안한 메뉴라면 그 자리를 진심으로 즐길 수 없다.

다른 사람의 마음은 이래저래 잘 살피면서 정작 자기 마음은 잘 표현하지 못하는 사람은 혼자 있을 때도 주변 사람들을 생각하는 버릇이 있다.

'그때 이렇게 말했어야 했나?'
'저 사람은 왜 저런 태도를 보였을까?'
'내가 뭘 잘못했을까?'

이런 식으로 자기반성만 하고 있지는 않은가? 사람의 마음을 남의 기준에 맞춰 생각하는 버릇이 있는 사람은 자기 자신과 마주하는 시간조차 가지지 못하는 경우가 많다.

이런 버릇을 고치고 자신을 우선하기 위해 위시 리스트

와 버킷 리스트를 작성해 보라고 권한다.

List 1. 내가 좋아하는 것
List 2. 내가 하고 싶은 일

이 두 가지 조건에 집중해서 자신만의 리스트를 만들어 보자. 오랜 시간 남의 기준에 맞춰 살아온 사람 중에는 처음에 좀처럼 써 내려가지 못하는 사람도 많다. 자신이 좋아하는 것을 쓰려고 했는데 다시 보니 모두가 좋아할 만한 것만 쓰여 있었다는 사람도 있었다.

좋아하는 것, 하고 싶은 일이라면 어떤 것이라도 상관없다. 음식이나 장소, 아이돌 그룹, 패션, 여행까지 무엇이든 상관없다. 적을 수 있는 한 많이 적어 보자.

내가 보통 제안하는 기준은 두 가지를 합쳐서 '나이 × 10개' 정도다. 예를 들어 32살이라면 320개가 된다. 좋아하는 것이나 하고 싶은 일을 계속 써 내려가는 작업은 마음이 자연스레 밝아지고 긍정적으로 변하는 효과가 있으며, 자신이 어떤 사람인지 아는 데도 도움이 된다.

세미나에서도 몇 번인가 이 작업을 진행해 본 적이 있

는데 한 사람이 자신이 쓴 위시 리스트를 보고 이렇게 말했다. "제가 어학이나 사람들과 대화하는 일을 좋아한다는 사실을 깨달았습니다. 또 맛집이나 여행에 관한 것도 많이 적었습니다. 그래서 제가 항상 외국에 관한 생각만 하나 봅니다."

그리고 이 훈련에는 또 하나의 목적이 있다. 좋아하는 것 300개를 찾는 데 어느 정도의 시간이 필요할까? 하루에 10개씩만 찾아도 30일이 걸린다. 즉 자기가 좋아하는 것, 하고 싶은 일을 생각하는 시간이 눈에 띄게 늘어난다. '내가 좋아하는 게 뭐지? 내가 하고 싶은 일은 뭘까?'라는 생각을 하며 30일을 보내면 자연스레 자신이 좋아하는 것, 하고 싶은 일을 찾는 버릇이 생긴다. 다시 말해 좋아하는 일을 찾는 행동이 습관이 된다.

헤아림 능력이 뛰어난 나머지 자신의 마음을 들여다보지 못했던 사람이라면 분명 처음에는 무척 힘들 테고, 좋아하는 것이나 하고 싶은 일이 좀처럼 떠오르지 않을 것이다. 하지만 끈기를 가지고 계속해 보자. 분명히 좋아하는 것들이 차례차례 떠오르고 눈에 보이기 시작할 것이다. (상대의 마음을 잘 헤아리는 사람은 좋아하는 것이 분명 '사람'일 테지만 말이다.)

　이렇게 좋아하는 것이나 하고 싶은 일에 생각을 집중시키면 "우리 다 같이 뭐 먹으러 가자, 뭐 먹고 싶어?"라는 말을 들었을 때 "나는 역시 일식이 좋아"라고 대답할 수 있다.

갖고 싶다고 솔직히 말하는 것이 부끄러운 정도가 아니라 상대에게 폐가 된다고 생각한 적은 없는가? 더 솔직히 말하면 '욕심쟁이라고 생각하지 않을까?', '고작 그런 걸 갖고 싶어 한다고 바보 취급당하지는 않을까?' 걱정한 적은 없는가?

상대의 마음을 잘 헤아리는 사람은 자신의 마음보다 상

대의 마음을 우선하거나 상대의 생각을 읽어 내려 하는 버릇이 있기 때문에 무언가를 갖고 싶다는 말을 잘 하지 못한다. 애인이 "생일 선물로 뭘 받고 싶어?"라고 물어도 상대가 좋아할 만한 선물을 생각하거나 상대에게 선택을 맡기고 자신도 모르게 그의 주머니 사정을 생각하는가 하면 결국 '아무것도 필요 없어'라며 거절하기도 한다. 혹시 주변에서 '사람은 좋은데 무슨 생각을 하는지 잘 모르겠다'는 소리를 듣는다면, 당신은 자신이 갖고 싶은 것을 말하지 않는다는 원칙을 너무 철저하게 지키고 있는지도 모른다.

하지만 다른 사람들은 당신처럼 상대의 마음을 잘 헤아리지 못한다. 갖고 싶은 것을 갖고 싶다고 말하지 않으면 당신의 마음은 전해지지 않는다. 예전에는 그런 겸손함이 칭찬받았던 시절도 있지만 지금은 다르다. '욕심 없는 사람'이라는 평가가 꼭 긍정적인 의미라고는 할 수 없는 시대가 되었다. 이제는 갖고 싶은 것이 있다면 소리 내서 말해야 하는 시대다. 그것은 결코 부끄러운 일도, 과한 욕심을 드러내는 일도 아니다. 너무나도 자연스럽고 당연한 태도다.

어떻게 하면 갖고 싶은 것을 갖고 싶다고 솔직히 말할

수 있을까? 나는 그렇게 되길 원하는 사람에게 먼저 연습을 권한다. 의사소통은 '기술'이다. 어학 능력과 마찬가지로 여러 번의 반복 학습을 통해 기술이 향상된다. 그러니 갖고 싶은 것은 갖고 싶다고 확실하게 전달하는 의사소통을 하려면 훈련이 필요하다.

매일 1분이라도 거울을 보고 '나는 ○○이 갖고 싶다', '○○을 하고 싶다'고 소리 내서 말해 보자. 여성이라면 화장하는 동안이나 샤워를 마치고 머리를 말리는 시간을 활용해도 좋고, 남성은 양치질하거나 아침에 옷을 입고 거울을 보는 시간을 이용해 말해 볼 수 있다. 또한 트위터 같은 SNS나 블로그에 갖고 싶은 것이나 좋아하는 것을 계속 올리는 행동도 갖고 싶다고 말하는 연습이다.

내 의뢰인 중에 트위터에 비공개 계정을 만들고 좋아하는 사람에게 고백하는 연습이나 장래에 이루고 싶은 꿈, 올해 안에 손에 넣고 싶은 것을 꾸준히 올리는 사람이 있다. 한동안은 아무런 효과를 느끼지 못했지만 어느 순간부터 다른 사람과의 대화가 편해졌다고 한다.

물론 '애당초 뭘 갖고 싶은지 모르겠다', '갖고 싶은 것이 없다'고 말하는 사람도 있다. 다른 사람이 기뻐할 만한 것만 생각하다 보면 자신이 정말 갖고 싶은 것은 늘 뒷전으로 밀리기 마련이다. 그러다 보면 막상 '무엇을 갖고 싶으냐?'는 질문을 받아도 대답하지 못한다. 이런 사람에게는 앞에서 설명했던 위시 리스트와 버킷 리스트 작성을 권한다.

시간이 좀 걸려도 상관없으니(그만큼 중요한 작업이다!) '무엇을 좋아하는지', '무엇을 하고 싶은지' 자신의 마음에 계속 질문을 던져 보자. 분명 흐릿했던 시야가 맑아지듯이 좋아하는 것이 떠오르고 무엇을 갖고 싶은지 알게 될 것이다.

좋아하는 것을 적어 내려가다 보면 자신의 취향이 어느 정도 확실해진다. 그와 함께 싫어하는 것, 관심 없는 것도 자연스럽게 알게 된다. 이번에는 싫어하는 것에 관해 생각해 보자.

다른 사람의 마음이나 분위기를 살피는 버릇이 생기면 'NO'라는 의사 표시를 하거나 싫은 내색을 드러내는 일에 매우 민감해진다. "나, 그거 싫어해"라는 말을 하면 상대의 기분을 상하게 하고 분위기를 망친다고 생각하기 때문이다. 그래서 싫어하는 일이라도 참고 같이하는 경우가 생긴다. 하지만 그렇게 자신을 희생해도 실제 주변 사람들은 이를 알아주지 않는다. 혹시 당신의 연기력이 너무 뛰어나 싫어하는 일을 하는데도 주변 사람들이 전혀 눈치채지 못한다면, 오히려 좋아한다는 오해를 살 수도 있다. 결국 당신은 사람들과 어울리는 일 자체가 부담스러워 혼자 방안에 틀어박혀 지내고 싶어질지도 모른다.

의뢰인 중에 노래방을 별로 좋아하지 않는 한 여성이 있었다. 하지만 그녀의 직장 동료들은 노래방을 좋아했기에 회식을 하면 2차는 꼭 노래방으로 갔다. 늘 밝은 성격 덕분에 모두가 그녀를 좋아했고, 그래서 그녀는 회식 자리에서도 먼저 나서서 분위기를 띄우고 내키지 않아도 노래방까지 함께했다. 하지만 시간이 지날수록 점점 회식이 싫어질 뿐만 아니라 회사에 가는 것조차 부담스러워졌다.

늘 다른 사람의 마음을 헤아려서 행동하는 그녀는 회사에서도 맡은 일이 많아 항상 바빴다. 그 와중에 회식 자리에서까지 애를 쓰며 주변을 챙겼으니 그녀 입장에서는 정말 큰 희생을 하는 셈이었다. 그러던 어느 날 큰맘 먹고 2차는 빠지겠다고 결심했다. "오늘은 좀 피곤해서 먼저 들어가 보겠습니다!"라고 말하자 동료들은 "뭐? 간다고? 더 있다 가"라며 붙잡았고 그녀는 "죄송해요. 오늘은 먼저 갈게요!"라며 뜻을 굽히지 않았다.

그렇게 말하고 먼저 돌아오니 마음이 홀가분했다. 그래서 자신도 모르게 집 근처 선술집에 들어가 혼자만의 2차를 즐겼다고 한다. 다음날 회사 선배에게 "어제는 먼저 가서 죄송했어요"라고 사과했더니, "괜찮아, 신경 쓰지 마"라며 가볍게 넘겼다고 한다. 그녀의 마음은 더욱더 가벼워졌고 그날 이후 회식이 끝나면 싫어하는 노래방에는 가지 않고 집으로 돌아왔다. '뭐야, 이럴 줄 알았으면 더 빨리 말할걸' 하는 생각이 들 정도였다.

좋으면 좋다, 싫으면 싫다 분명하게 말하면 그녀가 경험한 것처럼 놀라울 정도로 마음이 홀가분해지는 효과를 볼 수 있다. 좋은 사람일수록 싫어하는 것을 인정할 때 죄책감을 느낀다. 무엇이든 싫어해서는 안 된다는 듯이 죄송스러운 마음마저 갖는다. 하지만 좋아하는 것이 있으면 싫어하는 것도 있기 마련이다. 그것이 자연스러운 현상이다. 그러니 모두가 좋아하는 노래방을 싫어한다고 해서 조금도 이상할 것 없다. 억지로 어울리거나 싫어하는 것을 극복해 보려 애쓰면 스스로 자신의 목을 조르게 된다. (물론 긍정적인 마음가짐으로 싫어하는 것을 극복하려 한다면 전혀 나쁘지 않다.)

그러니 싫다면 싫어해도 괜찮다고 자신에게 확실히 허가를 내려 주자. 일부러 좋아할 필요도 없고, 억지로 숨길 필요도 없다.

'싫은 건 싫다'는 마음을 겉으로 드러내려면 용기가 필요한데 우선 스스로 인정하는 것이 가장 먼저다. '이건 싫다', '그런 태도가 싫다', '그런 식의 말투가 싫다', '그 사람이 싫다' 등등 솔직하게 노트에 적어 보자. 기분이 나빠지고 자기를 부정하고 싶어질 수도 있지만, 점차 솔직해지는 자신의 모습을 깨달으면 어깨에 있던 짐이 가벼워지는 것을 실감할 수 있다.

싫으면 싫어해도 괜찮다는 생각을 받아들였다면 그다음에는 전달하는 방법을 생각해 보자. '어떤 식으로 전해야 상대의 기분을 해치지 않고 자신의 뜻을 이룰 수 있을까?'에 주목하며 생각해 보자.

❞❞ 사실 저는 노래방을 싫어해요. 저랑은 너무 안 맞는 곳이라 재밌지가 않더라구요. 괜히 분위기만 흐릴 테니까 저는 이만 가 봐도 괜찮죠? 죄송합니다! 저 먼저 들

어가겠습니다! 99

아무렇지 않게 씩씩하게 말하고 쿨하게 퇴장한다면, 정
말 멋지지 않을까?

자기 어필의 포인트는 「진심」

상대의 마음을 잘 헤아리는 사람은 주변에 아무 말 하지 않고 몰래 행동하려 한다. "지금 많이 바쁘지? 내가 도와줄 게!"라며 후배의 자리로 가는 것이 아니라, 다른 일을 하는 김에 우연히 들른 척 후배 옆으로 가서 "바빠? 내가 좀 도 와줄까?" 하고 조용히 말을 건다. 하지만 지금까지 이야기 했듯이 당신의 그런 배려와 태도는 상대에게 좀처럼 전해지지 않을뿐더러 오히려 역효과를 부르기도 한다.

앞에서 이야기했던 SK 씨의 경우를 기억하는가? 바쁜 남자 친구를 배려해 '이번 주에는 안 만나도 돼'라고 말했다가 남자 친구의 기분을 상하게 만들었고, 그래서 "이번 주에 일이 많아서 피곤하지 않아? 나는 만나고 싶지만 혹시 피곤해서 만나기 힘들면 말해 줘"라고 말하기를 제안한 경우였다.

상대의 마음을 잘 헤아리는 사람은 상대가 처한 상황이나 상대의 마음을 자기가 먼저 판단하고 그에 따라 내린 결론에 맞춰 말을 한다. 그 결론이 "이번 주에는 안 만나도 돼"라는 말이었지만, 그 말을 들은 남자 친구가 SK 씨의 속마음을 헤아리고 '아, 내가 바쁘니까 이렇게 마음을 써 주는구나. 내 여자 친구는 정말 착해. 고마운걸'하고 생각하는 일은 안타깝게도 현실 세계에서는 일어나기 힘들다. (씁쓸한 현실이다.) 오히려 '뭐? 나랑 만나기 싫은 거야?'라며 오해하는 경우가 대부분이다.

이때도 상대는 나만큼 사람의 마음을 잘 헤아리지 못한다는 사실을 떠올려 보자. 조금 귀찮을 수도 있지만 남자 친구의 상황을 배려해서 '안 만나도 된다'고 말했던 사정을 분명하게 전달해야 한다.

나도 심리 상담을 할 때 상대의 마음을 잘 헤아리는 사람을 자주 만난다. 그들 모두 확실히 그 자리의 분위기를 잘 파악하고 상대의 마음을 배려해 주었다. 나도 모르게 '대단하군. 그런 생각까지 하다니' 하며 놀랄 때도 많았다. 그런데 신기하게도 그들 대부분이 막상 중요한 이야기를 할 때는 지금까지 자신이 파악한 내용이나 생각은 날려 버리고 갑자기 결론만 말하는 경우가 많았다.

상대의 마음을 잘 헤아리는 사람은 겸손한 편이기 때문에 '내가 당신을 이 정도로 생각하고 있다'는 사실을 전하는 일에 서툴겠지만, 그 생각을 전하는 것이 무엇보다 중요하다. "이번 주에 일이 많아서 피곤하지 않아? 나는 만나고 싶지만 혹시 피곤해서 만나기 힘들면 말해 줘"라는 말에서는 만나고 싶지 않다는 뉘앙스가 느껴지지 않는다. 그러니 무엇보다 '나의 진심을 확실하게 전한다'가 우선이다.

이것저것 살피면서 움직이고, 분위기를 생각해서 아무 말 없이 잠자코 있었는데, 이를 전혀 알아주지 않는 주변 사람들에게는 더 강력하게 자신을 어필해야 한다. 이때 포인트는 밝음과 긍정이다. 활기 넘치게 말해야 한다는 의미가 아니다. 긍정적인 마음을 가지고 이야기하라는 것이다.

컴퓨터를 잘 다루지 못하면서도 사내 설명회에 참가했던 MY 씨의 이야기를 기억하는가? "다들 퇴근 후에 아이를 데리러 가야 해서 힘드시죠? 제가 컴퓨터를 잘 못 다루기는 하지만 한번 해보겠습니다!"라고 자신의 배려를 드러내라고 제안했는데, 이 말을 할 때 밝고 긍정적인 느낌까지 더한다면 모두가 안도하며 MY 씨에게 고마워할 것이다.

가업에 매진하고 있지만 혼자 아이를 키우며 대기업에 다니는 언니만 인정받는 상황을 괴로워했던 IS 씨의 경우도 마찬가지다. 마음에 미움이 가득한 상태로 '나도 애쓰고 있으니 좀 알아줘. 나도 편하지 않아, 힘들다고!' 이렇게 말해 버리면 상대는 자신을 공격한다고 느끼고 방어 태세를 취한다. 물론 계속 참기만 하다가 한계에 다다라 폭발했다면 그것도 나쁘지는 않다. 그런 상황에서는 나라도 IS 씨에게 '잘했다!'고 박수를 보낼 것이다. 하지만 아직 마음에 여유가 남아 있다면 그보다 나은 방식으로 자신의 마음을 표현할 수 있다. "언니도 힘들겠지만, 나도 가업을 잇기 위해 이만큼 노력하고 있으니 대견하지 않아?" 또는 "내가 편해 보이는 건 다 연기야. 사실 나도 힘들다고" 이런 식으로 밝게 표현한다면 가족들도 그녀의 상황을 다시 한번 돌아보게 될 것이다.

'난 그런 캐릭터가 아닌데'라는 생각은 하지 말자. 여러 번 말했지만 의사소통은 기술이다. 경험을 쌓아 갈수록 능숙해진다. 반대로 말하면 처음부터 능숙할 수는 없다는 말이다. 그러니 처음에는 상대가 화를 내거나 기분 나빠하고 분위기를 망쳐 버리더라도 괜찮다. 헤아림 능력에서는 달인인 사람들도 자신의 마음을 어필하는 일에는 초급자이니 처음에는 그런 일이 생겨도 이상하지 않다. 오히려 힘들게 입을 뗀 자신에게 박수를 쳐 주라고 말하고 싶을 정도다.

그렇게 점차 익숙해지면 밝고 긍정적인 말로 자신의 상태를 표현할 수 있다. 이 상태가 되면 '대단하지 않아?'나 '칭찬 좀 해 줘!'라는 말을 마지막에 덧붙여 보기를 권한다. "○○부장님이 바쁘신 것 같아서 제가 상대 회사와 사전 협상을 해 두었습니다. 저 대단하죠?", "그때 당신이 여유가 없어서 신경이 곤두서 있기에 사실 당신에게 부탁하고 싶었지만 참고 내버려 둔 거야. 칭찬 좀 해 줘"라는 식으로 말이다.

이렇게 말해 보는 것도 좋고 거울 앞에서 연습하는 것도 좋지만 우선은 하고 싶은 마음이 들어야 말도 할 수 있는 법이다. 그러니 상대의 마음을 헤아리고 행동하는 자신의 모습을 스스로 높게 평가하고 인정하는 것이 무엇보다 중요하다. 따라서 처음에는 혼잣말이어도 괜찮다.

&& 나는 가족 모두를 위해서 노력하고 있어. 아무도 인정해 주지 않고 모두 언니가 더 힘들다고 생각하지만 그래도 나, 정말 열심히 노력하고 있어. &&

이렇게 혼잣말을 몇 번이고 반복하는 사이에 점점 그 말이 입에 붙고 자신도 모르게 다른 사람에게도 할 수 있게 된다. 물론 자기 어필은 직접 말로 하지 않고 메시지나 채팅 앱을 통해서 해도 상관없다. 어떤 방법을 쓰든 '표현하지 않으면 전해지지 않는다'는 원칙만은 기억해 두자.

남 돕는 일은
이제 양보할게

상대의 마음을 잘 헤아리는 사람은 무엇이든 주변 사람들이 알아차리기 전에 먼저 눈치채고 보이는 일을 바로 처리한다. 일 처리 능력이 뛰어난 사람이 많기 때문에 (자신은 그 사실을 모르는 경우가 많지만) 자기 일은 혼자서 해낸다. 그리고 상대를 배려하다 보니 간청하거나 부탁하고, 도움을 요청하는 일은 마치 금기 사항이라도 되는 양 꺼리게 된다.

'다른 사람에게 부탁하느니 내가 하는 게 빨라', '부탁하면 폐가 되지 않을까?', '그 사람도 힘들 텐데' 이런 생각을 많이 하는 사람이라면 더욱 주의해야 한다. 무엇이든지 혼자 끌어안고 끙끙대는 버릇이 생기려는 증조다.

다른 사람을 보살피기만 하고 막상 자신은 도움을 받지 않는 사람은 주변에서 '저 사람은 괜찮아. 혼자서 뭐든지 잘해'라며 신뢰를 받기는 하지만, 한편으로는 '나보다 훨씬 일을 잘하는 사람'이라는 인식 때문에 주변에서 선을 긋는 경우도 드물지 않다. 막상 그들에게 부탁을 할 일이 생기면 "에이, 저는 못 해요"라며 거절당한다. 그리고 당신은 '역시 부탁하지 말걸 그랬다'고 생각하지만 이미 감당하기는 벅차고 여유도 사라져 버린다. 일 잘하는 사람이라는 인식이 생겨 버리면 성과를 내도 주변에서 당연하다고 여기기 때문에 아무런 보상을 받지 못하는 상황을 초래할 수도 있다.

간청하거나 부탁하고 도움을 요청하는 일은 상대에게 폐를 끼치거나 부담을 주는 일이 아니다. 누군가에게 의지하는 행위는 상대의 자신감을 높여 주고 자신의 존재 가치를 인식하게 하며, 남을 돕는 기쁨을 가르쳐 주거나 베푸는 즐거움을 알려주는 계기가 된다. 따라서 간청하고 부탁하거나 도움을 요청하는 일은 결코 부정적인 일이 아니다. 혹시 당신에게 후배나 부하 직원이 있다면 나아가 그들을 키우는 일로 이어진다. 또한 부탁하거나 기대면서 심적 거리가 더 가까워지기 때문에 회사 분위기도 좋아진다.

간청하거나 부탁하고 도움을 요청하는 일은 인간관계를 살찌우는 영양제라 할 수 있다. 혼자 해도 되지만 다른 사람에게 도움을 받는 것이 편하고 효율적이라는 생각이 든다면 헤아림 능력을 발휘해 '저 사람이라면 이 일을 맡겨도 되겠다' 싶은 동료를 찾아보자. 그 사람이 지금 할 수 있는 일을 생각해 보고 당신을 돕게 만들자. 그 도움이 때로는 안 열리는 펜 뚜껑을 열어 주는 사소한 일일 수도 있고, 요즘 유행하는 디저트가 무엇인지 가르쳐 주는 일일 수도 있으며, 서류 정리를 함께하는 일일지도 모른다.

'내가 하는 편이 빨라'라든가, '내가 알아보는 게 편해' 같은 말만 하지 말고 가끔은 그 역할을 누군가에게 양보해 보자. 그렇게 천천히 부탁하거나 기대는 훈련을 하다 보면 도움을 요청하는 적절한 요령을 익힐 수 있고, 정말 힘든 일이 생겼을 때 도움을 받을 수 있다.

간청하거나 부탁하고 도움을 요청하는 일이 영 내키지 않는다면, 일단 '자신에게 한없이 너그러워지는' 훈련을 해 보자.

- 항상 완벽하게 하던 화장을 하지 않는다.
- 아침밥을 편의점 빵으로 때운다.

- 업무 시간이 임박해서 출근한다.

- 업무 속도를 반으로 낮춘다.

- 점심으로 약간 비싼 메뉴를 고른다.

- 근무 중에 평소보다 과자를 많이 먹는다.

- 칼퇴근해서 저녁 식사에 좋아하는 디저트를 곁들여 먹는다.

- 유명한 카페에서 차나 와인을 마시고 귀가한다.

무엇이든 상관없다. 이런 행동은 항상 다른 사람만 배려하고 주변 분위기를 살피는 사람에게 좋은 의미에서 휴식이 된다. 상대의 마음을 잘 헤아리는 사람은 사실 항상 긴장 상태이며, 마치 레이더 탐지기처럼 주변 사람들의 모습을 살피는 버릇이 있다. 이런 버릇을 고치고 스스로 편안해지기 위해 자신에게 너그러워지는 날을 만들어 보자. 갑자기 실천하려 하면 거부감이 생길 수 있으니 일주일에 한 번, 예를 들어 수요일쯤 '오늘은 나 자신에게 너그러워지는 날'이라고 마음대로 정해 놓고 개인적인 일이든 회사 일이든 자신에게 너그러워져 보자.

한 여성이 나의 제안에 따라 매주 수요일을 자신에게 너그러워지는 날로 정했다. 이날은 후배가 힘들어 하고 있어도 도와주지 않고, 부장님이 누군가에게 일을 맡기고 싶어 해도 바쁜 척을 하면서 무시했다. 또 항상 정성스레 도시락을 준비했지만 이날만은 슈퍼마켓에서 산 반찬으로 때워 보기도 했다.

한없이 너그러워지기가 쉽지는 않았지만, 의식적으로 그런 행동을 하면서 확실하게 나타난 변화 중 하나는 시야가 넓어진 것이었다. 내일해도 괜찮은 일은 나중으로 미루고 오늘 안에 끝내야 하는 일에만 집중했더니 항상 허둥지둥 시간에 쫓기듯이 지나갔던 오전 시간이 오히려 길게 느껴졌다. 그동안 자신이 얼마나 일에 매달려 왔는지 깨달을 수 있었다.

여유가 생긴 만큼 예전보다 주변 사람들의 상황이 눈에 더 잘 들어왔다. 지금까지도 주변 사람들을 잘 살펴 왔는데 전에는 몰랐던 모습들이 보이기 시작했다. '잘 살피고 있다고 생각했는데 아니었나?' 신기할 정도였다. 그녀는 홀가분하다는 표정으로 이렇게 말했다.

❝ 오늘 하지 않아도 되는 일에 힘을 쏟아서 항상 여유가 없었다는 사실을 알게 됐어요. ❞

그 뒤로 다른 날에도 같은 방식을 적용해서 일을 했다. 물론 때로는 야근을 하는 날도 있었지만 예전보다 여유가 생겨 마음이 무척 편해졌다고 한다. 그녀는 진심으로 "지금까지 얼마나 헛수고를 하며 살았는지 알게 됐다"고 말했다. 주변 사람들을 배려하며 휘둘려 왔던 그녀가 자신에게 너그러워지면서 자기 기준을 되찾은 때문인지도 모른다. 첫발을 내딛기까지는 약간의 용기가 필요하겠지만, 한 번쯤 우리는 자신에게 한없이 너그러워질 필요가 있다.

당신은 최근 자기 자신에게 어떤 선물을 했는가?

주변 사람들을 배려하는 동안에는 남의 기준에 맞추느라 자기 자신에게 무언가를 선물할 여유가 없다. 주변 분위기를 살피는 동안에도 정보를 모으는 데 정신이 팔려 자신을 위해서는 무언가를 하기도 전에 지쳐 버린다. 일년에 한 번 정도 해외여행을 가거나 갖고 싶었던 가방을 사는 것도 좋지만, 조금 더 일상적이고 가벼운 선물을 생각해 보자.

당신은 자신이 무엇에 기뻐하는지 알고 있는가? 케이크나 술도 좋고 카페에서 느긋하게 쉬는 시간도 괜찮으며, 욕

조에 몸을 담그는 일이어도 좋다. 일상에서 할 수 있고 자신을 기쁘게 하는 행동에 선물이라는 거창한 이름을 붙여 스스로에게 베풀어 보자.

흔히 '자신에게 줄 수 있어야 다른 사람에게도 줄 수 있다'고들 한다. 자기 자신을 기쁘게 하지 못하면 진정한 의미에서 다른 사람들을 기쁘게 하기는 어렵다. 남의 기준에 맞추며 주변 분위기를 살피고 있을 때는 다른 사람들을 기쁘게 할 수 있을지 몰라도, 당신 자신을 기쁘게 할 수는 없다. 그러니 사람들은 웃고 있어도 당신은 웃지 못한다. 물론 표정은 웃고 있겠지만 마음은 그렇지 못하다.

당신의 그런 마음은 주변 사람들에게 반드시 전해진다. 그 자리에서는 다행히 들키지 않고 넘어갈 수 있을지도 모르지만 매일 같이 일을 하는 관계라면 점점 감추기 힘들어진다. 그렇게 당신은 서서히 그곳에서 겉돌게 된다. 그러니 먼저 자기 자신에게 베풀자. 그래서 자신을 기쁘게 만들어보자. 이 법칙만 꼭 기억하길 바란다.

자신에게 베풀기 위해서는 먼저 하루 일과 중에서 작은 선물을 고르는 즐거움부터 알아야 한다. 그리고 그 선물을 자신에게 주는 행동에 죄책감을 느끼지 않아도 된다는 사실을 인식해야 한다. 얼마나 마음이 너그러워지는지, 얼마나 자기 자신을 칭찬할 수 있는지, 얼마나 마음이 편안해지는지를 직접 느껴 보자. 특히 온종일 주변 사람들만 살피다 지쳐 버린 날에는 조금 호화로운 선물도 좋다. 이렇게 자신을 기쁘게 하는 일을 매일 의식적으로 실천해 간다. 이 방법을 한 달 동안 꾸준히 실천해 보자.

'나를 기쁘게 하는 간단한 방법'을 적어 목록으로 만들어 두기를 권한다. 마치 레스토랑의 메뉴판처럼 말이다. 아침이나 점심시간에 목록을 살펴보고 오늘은 자신에게 어떤 선물을 할지 정한다. 그것만으로도 그날의 기분이 달라진다. 그리고 자신이 기뻐할 만한 순간에 기뻐할 만한 방법으로 그 선물을 (자신에게) 준다. 이때 반드시 자신의 마음에 생각을 집중해야 한다.

한 달 동안 이 방법을 실천하면서 어떤 변화가 생기는지 확인해 보자. 물론 긍정적인 변화는 일부러 찾으려 하지 않으면 좀처럼 보이지 않는 법이다. 이 방법으로 기분이 좋아졌다면 계속해서 실천하자. 한두 달 더 해 보면 인간관계에서도 변화가 나타날 것이다. 자기 기준을 확립하고 습관처럼 자신이 기뻐할 만한 일을 하면 당신의 기분도, 당신의 표정도 달라진다. 그리고 이런 기분은 당신과 만나는 주변 사람들에게 전해지면서 바람직한 변화를 일으킬 것이다.

외톨이가 되어 하루하루가
지루해도 괜찮아!

　우선 '미움받아도 괜찮아'라는 말을 스무 번 반복해 보자. 기분이 어떤가? 마음이 싱숭생숭한가? 아니면 기분이 한결 가벼워졌는가? 기분이 가벼워졌다면 당신에게는 바로 지금 이 말이 필요했던 것일지 모른다. 매일 의식적으로 30~50회 정도 혼잣말처럼 반복해 보자. 한 달 정도 지나면 다른 사람에게 느꼈던 벽이 어느새 사라져 버렸다는 사실을 깨닫게 될 것이다.

혹시 이 말에 거부감이 느껴진다면 약간의 마음 정리가 필요하다. 미움받으면 곤란해지는 일을 가능한 한 많이 적어 보자. 적어도 열 개 이상은 적어야 한다.

- 고립되어 외로워진다.
- 누구도 상대해 주지 않는다.
- 이상한 소문이 돌아 모두에게 바보 취급을 당한다.
- 힘든 일이 생겼을 때 아무도 도와주지 않는다.
- 외톨이가 되어 하루하루가 지루해진다.

적기만 해도 기분이 우울해질 수 있지만 조금만 힘을 내 보자. 오히려 적는 것만으로 마음이 가벼워지는 사람도 있다. 더 떠오르지 않으면 검증 작업에 들어가 보자. '어째서 그렇게 생각하는가? 그렇게 될지 어떻게 아는가?'라는 질문을 자신에게 던져 본다. 예컨대 '미움받으면 고립되고 외로워질 거라는 사실을 어떻게 알지?' 하고 자신에게 물어보는 식이다. 그러면 예전에 미움받아서 외로웠던 기억이 떠오르거나, 그런 일을 당한 사람을 가까이에서 보았거나,

그런 이야기를 자주 들었던 기억이 머릿속에 떠오른다.

이 생각들을 잊어버리지 않도록 메모해 두자. 그리고 앞서 적어 놓은 미움받으면 곤란해지는 일에 대해 전부 이 작업을 시행한다. 어쩌면 과거에 괴롭힘을 당했던 기억이 생생하게 떠오를지도 모르고 어머니와의 관계처럼 특별한 사람이 떠오를지도 모른다. 미움받고 싶지 않다는 마음이 강하다면 이는 마음속에 상처가 아직 아물지 않았다는 증거다. 두려움은 방어 본능에 의해서 나타나며 과거에 겪었던 아픈 기억, 괴로웠던 경험을 잊고 싶어서 생기는 감정이다.

과거에 겪은 괴로운 기억을 치유하는 방법은 다양하다. 예를 들어 그 사건을 자세하게 떠올려 노트에 적어 보거나, 상담사에게 털어놓는 방법이 있다. 이 정도로도 마음이 홀가분해지는 경우가 적지 않다. '상처는 드러내야 낫는다'는 말이 있듯이 괴로운 기억도 누군가 함께 공감해 주면 잊을 수 있다.

또는 이미 지나간 일이라 생각해 버리면 서서히 상처가 아물기도 한다. 초등학생 시절에 괴롭힘 당했던 기억이 지금도 아프게 느껴진다면 마음은 그 일을 초등학생 시절에 일어난 과거의 사건이 아니라, 현재 일어나고 있는 사건으로 받아들이고 있는 것이다. 다시 말해 그때 당신을 괴롭혔던 그 아이는 이미 사라졌지만 이제는 주변 사람들의 말을 그 아이의 말처럼 받아들이며 스스로를 괴롭히고 있는 것이다. 그래서 스스로 '이거 봐. 더 이상 너를 괴롭히는 사람은 없어. 그 아이는 이제 여기 없어'라고 되뇌면 마음이 가벼워지기도 한다. 또 이 작업을 할 때 특정 인물과의 관계가 떠오른다면 마음속으로 그 사람을 제대로 마주해 보자. 어쩌면 그 사람을 대할 때 아직도 남의 기준에 맞추고 있는 자신을 발견할지도 모른다.

내가 자주 제안하는 방법 중에 '보내지 않는 편지'라는 훈련이 있다. 머릿속에 떠오른 특정 상대에게 지금 마음속에 있는 생각을 솔직하게 편지 형식으로 쓰는 방법이다. 한 번으로 끝내지 말고 일주일에 한 번, 한두 달 정도 계속하다 보면 자기 마음속에서 그 사람이 차지하고 있던 비중이 줄어들고 그만큼 마음이 가벼워질 것이다. 이런 식으로 미움받기 싫다는 마음이 생기는 원인을 제거해 가는 방법도 효과적이다.

또한 약간 자극적인 방법일 수도 있지만 앞서 소개했던

'미움받아도 괜찮다'라는 긍정적 단언을 미움받았을 때 느끼는 심경으로 바꿔 말하는 방법도 있다. 이 방법은 자극적인 만큼 효과도 기대할 만하다.

66 고립돼서 외로워져도 괜찮아! 99

66 누구도 상대해 주지 않아도 괜찮아! 99

66 모두에게 바보 취급을 당해도 괜찮아! 99

66 아무도 도와주지 않아도 괜찮아! 99

66 외톨이가 되어 하루하루가 지루해도 괜찮아! 99

미움받고 싶지 않다는 마음을 놓으면 미움받아도 괜찮다는 생각에 이를 뿐만 아니라 미움받는다는 생각 자체를 할 수 없는 상태가 된다. 자신이 다른 사람에게 미움받는다는 상상 자체를 하지 않게 되는 것이다. 그런 상태에 이른 자신의 모습을 꼭 상상해 보길 바란다. 참고로 이런 상상만으로도 효과가 있다.

사랑받고 있다는
증거를 찾아서

당신은 이미 무조건적인 사랑을 받아 마땅한 존재다. 하지만 다른 사람을 배려하고 주변 분위기를 살피며, 누군가를 위해 애쓰는 사이에 자신도 모르게 그 중요한 사실을 잊어버린다. 이번에는 당신에게 사랑받을 가치가 충분하다는 사실을 떠올리는 훈련을 해 보자. 방법은 간단하다. 자신이 사랑받고 있는 (사랑받았던) 증거를 찾는 것이다.

지금 맺고 있는 인간관계를 돌이켜 보자. 또 지금까지 만났던 사람들을 떠올려 보자. 그 안에서 당신이 사랑받고 있는 증거, 사랑받았던 증거를 찾아보자.

- 누군가가 친절하게 대해 주었던 일
- 누군가가 도와주었던 일
- 누군가가 자신을 지지해 주었던 일
- 누군가와 이어져 있음을 느꼈던 일
- 누군가가 자신을 지켜준 일
- 누군가에게 사랑받았던 일

'사랑받지 못했다'가 아니라 '사랑받았다'라는 전제로 자신의 인생을 되돌아보자. 이 방법 역시 한 달 정도 계속하다 보면 효과가 나타난다. 한 달 정도 계속하면 사랑받지 못했다는 믿음이 사랑받았다는 믿음으로 변한다. 이런 믿음은 당신의 인생을 뒤흔들 큰 변화를 일으킬 수도 있다.

이 훈련에 필사적으로 몰두한 사람이 있었다. 부모에게 사랑받지 못하고 학교에서도 외톨이여서 어서 빨리 어른이 되기를 바랐던 한 여성이다. 사회인이 돼서도 악덕 기업에서 착취당했고 연애도 늘 실패의 연속이었다. 하지만 그런 상황에서도 그녀는 자신을 사랑해 준 사람들을 떠올렸다.

초등학교 3학년 때 양호실 선생님이 다정하게 이야기를 들어주셨던 일, 전학 간 학교에서 옆자리에 앉은 어른스러운 여자아이가 쉬는 시간에 말을 걸어 준 일, 고등학교 시절 하굣길에 들렀던 카페의 주인이 항상 신경을 써 주었던 일, 도쿄에 사는 고모가 전화해 준 일, 대학 시절 좋아했던 남학생이 그녀에게 다정하게 대해 준 일, 아르바이트 초과 근무를 하고 피곤함에 지쳐 돌아가는 길에 편의점 점장님이 웃는 얼굴로 격려해 주었던 일, 일주에 한 번 정도 들리는 바의 지배인이 아무 말 없이 자신의 이야기를 들어준 일……

'아, 나는 많은 사랑을 받고 있었구나. 외톨이라고 생각했는데 절대 혼자가 아니었구나.' 이런 사실을 깨닫고 그녀의 인생은 점차 좋은 방향으로 바뀌어 갔다. 지금 그녀는 배우자와 행복한 가정생활을 꾸려 가고 있다. '사랑받고 있는 증거'를 찾아서 '사랑받고 있었다'는 사실을 알게 되면 전제가 바뀌고 인생도 바뀐다.

우리는 각자 다른 사랑 방식을 가지고 있다. 하지만 우리는 자신이 원하는 방식으로 사랑받고 싶어 하고, 그 때문에 사랑을 받아들이지 못 하는 일이 자주 일어난다. 어떤 사람은 직설적인 말로 사랑을 표현한다. 이런 방식은 이해하기 쉽다. 하지만 어떤 사람은 간접적인 말로 사랑을 표현하기도 한다. 부끄러움이나 죄책감 같은 이유로 솔직하게 사랑을 표현하지 못하고 입만 열면 부정적인 말을 쏟아 내는 타입이다.

또 누군가는 물질적인 것으로 사랑을 표현한다. 무언가를 선물하거나 돈을 대신 내는 것으로 애정을 드러낸다. 흔히 '눈에 보이는 애정 표현은 하지 않으셨지만, 진학 문제에서는 전적으로 나를 믿고 아무 말 없이 학비를 내 주신 아버지'가 그런 경우다.

모든 걸 다 주는 사랑도 있다. 열심히 뒷바라지하고 보살피는 것으로 애정을 표현하고 가끔 지나친 간섭을 하는 경우도 있지만 그래도 이 정도면 그나마 알기 쉬운 사랑법인지도 모른다. 또한 멀리서 지켜보는 사랑을 하는 사람도 있다. 얼핏 아무런 관심이 없는 듯 행동하지만 실은 무척이나 신경 쓰고 있는, 역시 무뚝뚝한 아버지들에게 많이 나타나는 사랑 방식이다.

> 66 아버지는 별로 말이 없으시고 항상 자신만의 세계에 빠져 있는 분이셨어요. 어머니에게 제 학교생활이나 진학 문제에 관해 늘 관심을 가지고 물으셨다는 사실을 알게 된 건 어른이 되고 나서였어요. 99

　그리고 걱정으로 사랑을 표현하는 방법도 있다. "괜찮은 거야? 잘 하고 있는 거지?" 병적이다 싶을 만큼 이런 저런 참견을 해 대는 통에 귀찮기도 하지만, 사실 애정 표현이다. 군이 구분하자면 어머니들에게서 많이 볼 수 있는 사랑 방식이다.
　이와 비슷한 방식으로, 참고 조용히 지켜보는 것으로 사랑을 표현하는 사람도 있다. 남편의 이직이나 퇴사, 사업에 반대하지 않고 '당신이 좋다면 나도 좋아'라는 식으로 무조건 따라가는 아내들이 주로 보이는 방식일지도 모른다.
　독립해서 회사를 차리고 고생하고 있을 때 아내가 전혀 도와주지 않았다고 느껴 한때 이혼까지 생각했다고 고백한 한 남성이 있었다. 하지만 어느 날 우연히 정신 못 차리게 바쁜 자신이 신경 쓰지 않도록 아내가 아이들을 혼자서 돌보고 생활비를 절약하고 있었다는 사실을 깨닫고 부끄러워졌다고 했다.

요즘에는 자연스럽게 스킨십을 하는 부모들도 많은데 이 역시 애정 표현 중의 하나다. 사랑 방식도 '저 사람이 나를 사랑하고 있다'는 전제하에 보지 않으면 좀처럼 보이지 않는다. 나의 어머니는 알기 쉽게 말로도 행동으로도 애정을 표현하는 분이라 사랑받고 있다는 느낌을 받으며 자랐지만, 아버지는 당신께서 자란 환경 탓인지 애정 표현을 전혀 못 하는 분이라 어릴 적에는 사랑받고 있는지 아닌지 알 수가 없었다. 하지만 성인이 되고 심리학을 배우면서 아버지 나름대로 나를 데리고 여기저기 다닌 일이나 함께 놀아 주었던 일이 떠올랐다. 집을 나와 독립하고 몇 십 년이 지나도 자식들 일을 걱정하셨고 임종 직전에도 내 이야기를 하셨다는 말을 들었을 때는 정말 사랑받았구나 하는 생각에 뭉클해졌다.

당신 주변의 사람들, 그리고 당신의 부모님과 배우자는 어떤 방식으로 사랑을 표현하는가? 그리고 당신 자신은 어떤 방식으로 사랑을 표현하는가?

사랑하고 베푸는
내 능력의 가치를 깨닫다

상대의 마음을 잘 헤아리는 사람은 그 능력만으로도 다른 사람의 마음을 이해할 수 있다. 이는 '베풀기'라는 사랑의 표현 방식이다. 나는 베풀기를 상대가 기뻐할 만한 일을 하고 자신도 기쁨을 느끼는 일이라 정의한다. 이때 우리는 상대에게 보상을 바라지 않는다.

'당신을 기쁘게 해 주었으니 어서 기뻐하는 모습을 보여 줘'라는 식으로 상대의 태도를 속박하면 이는 거래이지 베푸는 행위가 아니며, 상대를 기쁘게 했지만 자신은 하나도 기쁘지 않았다면 이 역시 희생이지 베푸는 행위는 아니다. 거래와 희생은 사랑에서 우러나는 행동이 아니기에 괴롭고 지치며 마음을 답답하게 만든다.

베풀기는 행동 그 자체로 행복을 느낄 수 있는 행위다. 상대의 마음을 잘 헤아리는 사람은 상대가 무엇을 원하는지 금세 알아차린다. 그러다 보니 지나치게 애를 쓰거나 희생해서 지쳐 버린다. 하지만 확고한 자기 기준을 가진 당신은 자기 마음의 상태나 자신의 상황을 보고 베풀지 말지를 선택할 수 있다.

'아, 저 친구는 지금 누군가 이야기를 들어주었으면 하는군. 하지만 지금은 나도 여유가 없으니, 미안하지만 안 되겠어. 이 일이 오늘 중에 끝나면 시간을 내 보자', '부장님이 지금 너무 바빠서 누군가 도와주길 바라고 계시는구나. 지금 여유가 좀 있으니 내가 나서 볼까' 등등 상대의 마음을 살피는 동시에 자신의 상황도 살피고 행동을 선택할 수 있다. 이 얼마나 편한 상태인가.

상대의 마음을 잘 헤아리는 사람은 베푸는 일에도 능숙

하다. 우선은 그 능력의 가치부터 깨닫자. 후배의 이야기를 듣고 있는 중에도 마음 편하게 이야기할 수 있도록 배려하고, 상사의 일을 도울 때도 그의 자존심을 건드리지 않으려면 어떻게 행동해야 하는지 자연스럽게 알게 될 것이다. 언제나 자기 기준의 확립이 필수 조건이다. 그 후에 베풀기를 행하면 어깨에 힘을 빼고 자연스럽게 행동할 수 있다.

'감사' 또한 사랑의 표현 방식 중 하나다. 감사한 마음을 표현하는 건 상대의 마음을 받아들였다는 뜻이다. 사람의 잠재의식 속에는 누군가에게 도움이 되고 싶고, 기쁨을 주고 싶다는 욕구가 있기 때문에 '고마워!'라고 말하며 자신의 마음을 알아주는 사람에게 호감을 갖기 마련이며, 이런 사람은 자연스럽게 사람들이 원하는 인재가 된다.

이번에는 마음을 받아들이는 훈련을 해 보자. 먼저 당신이 지금까지 연을 맺어 온 사람들을 떠올려 본다. 그리고 '이 사람이다'하는 느낌이 드는 사람에게 감사의 편지를 쓴다.

일을 가르쳐 주었던 선배, 함께 프로젝트를 수행했던 동료들, 전 직장에서 신세를 졌던 상사, 학생 시절의 은사님,

항상 내 이야기를 들어준 친구, 나를 사랑해 주는 배우자와 가족, 학원 선생님 등 그 누구라도 상관없다. 물론 여행 중에 길을 헤맬 때 도와준 이름도 모르는 사람이나 만난 적은 없지만 내가 괴로울 때 힘이 되어 준 연예인, 읽을 때마다 위로받는 책을 쓴 작가라도 상관없다.

가능하면 고급스러운 편지지를 준비해 감사의 편지를 써 보자. 한 사람씩 떠오르는 순서대로 감사장을 써 내려가다 보면 신기하게도 마음이 따뜻해지고 내가 얼마나 사랑받았는지, 얼마나 운이 좋았는지, 얼마나 많은 도움을 받았는지 실감할 수 있다. 같은 사람에게 여러 통을 써도 좋고 우체통에 넣지 않아도 괜찮다. 부담스럽지 않도록 하루에 한 사람씩 정해서 쓰고, 쉬는 날도 있을 테니 아마도 한두 달은 누군가에게 감사의 편지를 쓰는 기간이 될 것이다.

편지 길이도 자유다. 고작 몇 줄로 끝낼 수도 있고 편지지 몇 장에 걸쳐 쓸 수도 있다. 누군가에게 감사의 마음을 전하는 행위는 틀림없이 사랑과 이어져 있다. 서로 안 좋게 헤어진 전 배우자나 이러저러한 일로 사이가 멀어진 부모님에게 감사의 편지를 쓰면 그동안의 부정적인 감정을 내려놓을 수 있다. 한 번 감사의 편지를 쓰기 시작하면 계속해서 쓰고 싶은 상대가 떠오른다. 그때마다 얼마나 많은 사람이 자신을 지켜 주었는지 실감할 수 있고 그만큼 행복해질 것이다.

한 남성은 매일 한 사람씩, 주소를 아는 사람에게는 직접 편지를 부치고 휴대전화 번호를 아는 사람에게는 감사의 편지를 사진으로 찍어서 보냈다. 계속해서 고마운 마음을 전하고 싶은 사람이 떠올랐고, 그때마다 편지를 쓰자 마음이 홀가분해지고 따뜻해지면서 행복해졌을 뿐만 아니라, 편지를 보낸 사람들에게서 행복한 답장도 받았다. 감사의 마음을 전하니 그보다 더 큰 감사의 마음이 돌아왔다.

예상조차 하지 못했던 일이라 너무나도 기뻤던 그는 한 통 한 통의 편지를 소중하게 파일로 만들어(메일은 인쇄해서) 보물처럼 간직했고, 그 때문인지 부인과의 사이도 좋아지고 지금까지 지지부진했던 사업도 순조롭게 풀리기 시작했을 뿐만 아니라 자연스레 새로운 도전에 대한 용기까지 솟아났다고 한다. 무엇보다 인간관계가 좋아져 만나고 싶었던 사람을 만날 수 있었고, 예전 같으면 알고 지내지 못했을 훌륭한 사람과도 친구가 될 수 있었다고 한다.

그 뒤로 그는 일로 만난 사람에게 감사의 편지를 쓴다.

상대가 무척 기뻐했음은 물론이고 후에 비즈니스도 원만하게 진행할 수 있었기에 그 효과에 매우 만족했다. 편지 쓰기를 통해 이렇게 현실적인 변화가 일어나기도 하지만 그보다 더 큰 내면적 풍요로움과 기쁨, 행복도 느낄 수 있다.

실은 나도 예전에 이 훈련에 몰두한 적이 있었으며 내가 얼마나 많은 사람들에게 사랑받았는지 깨닫고 행복을 느꼈다. 더불어 표정이 밝아졌다는 주변 사람들의 말을 아직도 기억한다. (지금도 가끔씩 감사의 편지를 보내거나 메일이나 엽서를 쓰기도 한다.)

우리가 알든 모르든 우리는 누군가에게 사랑을 받으며 현재를 살고 있다. 편지 쓰기는 그런 사실을 생생하게 보여 주는 훈련이다. 시간을 내서 꼭 실천 보고 그 효과를 느껴 보길 바란다. 나는 '고마워'라는 말에 상처받은 마음을 치유하는 최고의 힘이 숨어 있다고 믿어 의심치 않는다.

상대의 마음을 헤아려 앞서 행동하거나 분위기를 생각
해 말을 아끼고 싫어도 참았는데, 그런 행동이 희생으로 이
어지고 당신을 지치게 만들었는가? 하지만 당신의 그런 행
동으로 도움을 받은 사람이나 기뻐한 사람도 분명 존재한
다는 사실을 잊지 말자.

남의 마음을 헤아리는 능력은 분명한 장점이다. 장점이

란 그 능력을 발휘해 누군가를 기쁘게 하고 행복하게 할 수 있는 힘이다. 이번에는 당신의 헤아림 능력이 어떻게 사람을 돕고 기쁘게 해 왔는지에 주목해 보자. 그 전에 '사람은 보이는 것이 전부가 아니다'라는 어찌 보면 당연한 심리에 대해 먼저 짚고 넘어가자.

당신이 다른 사람의 마음을 헤아려서 행동했을 때 속으로는 고맙게 생각하지만 부끄럼을 타는 성격 탓에 무덤덤한 태도를 보인 사람이 있지 않았을까? 그때 사실은 기뻤지만 사람들의 눈을 의식해 아무 말 못 했던 사람이 있지 않았을까? 당시에는 눈앞에 닥친 일에 정신이 팔려 여유가 없었지만 나중에 당신에게 고맙다는 말을 한 사람도 분명 있었을 것이다.

어느 날 어머니와의 관계 때문에 고민하는 한 여성이 나를 찾아왔다. 그녀의 어머니는 걱정이 지나치게 많은 사람으로 그녀의 행동 하나하나에 참견을 하고 때로는 그녀에게 모욕을 주거나 그녀를 부정하는 말과 행동을 계속해 왔다. 결국 그녀는 사춘기 때 어머니와 크게 부딪쳤고, 고등학교를 졸업하자마자 독립해서 혼자 살기 시작했다. 그러나 상담을 진행하면서 점차 어머니가 왜 그런 태도를 취했는지 이해할 수 있게 되었고 어머니에 대한 분노와 원망은 서서히 사그라졌다.

나는 딸에 대한 애정과 감사의 마음을 전혀 표현하지 않았던 어머니에 대해 생각하게 되었고, 어머니도 상담을 받는 것이 좋겠다는 결론에 이르렀다. 그리고 어느 날 반강제로 나를 찾아온 어머니와 단둘이 이야기를 나누기 시작했다. 처음에는 당황스러워하던 어머니도 점점 마음을 열고 다음과 같은 이야기를 들려주었다.

"저는 좋은 엄마가 아니라고 늘 제 자신을 책망해요. 딸에게는 정말 미안하죠. 남편과는 원래부터 사이가 좋지 않았고, 제가 다른 지역 출신이라 근처에 친구가 한 사람도 없어 늘 외로웠어요. 그러다 보니 마음을 둘 곳이 없어 힘들었고, 딸을 심하게 대했던 적도 많았죠. 그때마다 너무나 미안했지만 당시 저는 딸에게 사과조차 하지 못했어요. 그런데도 딸은 늘 밝고 활기차게 저를 위로해 주었죠. 몸이 약한 남동생한테만 신경 쓰느라 딸에게는 잘해 주지도 못했는데 그래도 늘 저를 도왔어요. 그렇지만 여유가 없어서인지 제가 미숙했기 때문인지 딸에게 고맙다는 표현 한 번한 적이 없었죠. 늘 생각만 했지 용기를 내지 못하고 있었는데 딸이 사춘기에 접어들면서 반항을 하기 시작하더군요. 그것도 다 제 탓인데 솔직하지 못하고 딸에게 더 모질게 굴었죠. 이런 못난 엄마라 딸에게 정말 미안합니다."

눈물을 흘리며 심정을 털어놓는 어머니에게 지금도 늦지 않았으니 그 마음을 따님에게 표현해 보라고 제안했지만 어머니는 "이제 와서 제가 그런 말을 해도 딸은 믿지 않을 거예요. 그렇게 못된 엄마였으니 원망해도 어쩔 수 없지요"라며 고개를 저었다.

나는 종이에 그 마음을 적어 보도록 제안했고 그녀는 시간을 들여 딸에 대한 마음을 편지로 쓰기 시작했다. 대부분이 딸에게 사과하는 내용으로 채워졌기에 가능하면 고맙다는 말도 넣어 달라고 부탁했다. 그리고 잠시 후 딸에게 어머니의 편지를 보여 주었다. 처음에는 "거짓말! 어머니가 거짓말을 하고 계시네요. 이런 생각을 하셨을 리가 없어요"라며 부정했지만 여러 번 반복해서 읽던 그녀의 눈에는 어느새 눈물이 맺혔다.

그녀는 최선을 다해 어머니를 도왔다. 남동생의 치료와 간호로 힘든 어머니의 마음을 헤아리고 착한 아이가 되려고 노력했다. 하지만 고맙다는 말을 들은 적도, 칭찬을 받은 적도 없었기에 어머니를 원망했다. 그런데 사실은 그렇지 않았다. 사실 어머니는 그녀에게 고마워하고 있었으며 사랑을 듬뿍 주지 못했던 것에 죄의식까지 느끼고 있었다. 편지 끝부분에는 'ㅇㅇ(딸의 이름)이 엄마 딸로 태어나 줘서 정말 기뻐, 고마워'라는 말이 쓰여 있었다.

그 말을 몇 번이나 반복해서 읽은 그녀는 "선생님, 어머니가 정말 이렇게 생각하고 계실까요?"라고 물었다. "거짓말은 아닐 겁니다." 내가 이렇게 대답하자 그녀는 가만히 고개를 끄덕이며 "믿고 싶어요. 오늘 어머니를 모시고 오길 정말 잘했네요. 어머니의 마음이 편해지셨으면 좋겠다고 생각했는데 오히려 제가 위로를 받았네요. 감사합니다"라는 말을 남기고 자리를 떠났다.

우리 눈에 보이는 것만이 전부는 아니다. 지금까지 당신이 손을 내밀고 배려해 주었으며 참았기 때문에 구원받은 사람, 기뻐한 사람, 행복을 느낀 사람은 분명히 존재한다. 그 사람들이 누구일까? 그리고 만약 그들이 당신에게 고마워하고 있다면 당신은 어떤 기분이 들까?

사람을 좋아하기 때문에 다른 사람의 마음을 헤아린다

는 사실을 깨달으면 당신의 마음속 깊은 곳에 있는 사랑을 느낄 수 있다. 그때부터 신기하게도 마음이 안정되고 기쁨을 느끼기도, 감동을 하기도 한다.

사랑이라고 하면 약간은 진부하다거나 종교적인 느낌이 강하다고 생각할지도 모르지만, 이는 매우 중요한 감정이며 우리 모두가 가지고 있는 감정이다. 그리고 사랑은 훌륭한 능력을 겸비하고 있어 사랑을 할 때는 부정적인 감정을 느끼지 못한다. 부부 사이나 육아와 관련된 상담을 할 때도 "자신의 사랑에 자신감을 가지세요"라고 자주 제안하는데, 자신이 상대를 사랑하기 때문에 그런 생각을 한다는 사실을 깨달으면 그 자리에서 바로 자기 기준을 되찾는 마법 같은 효과가 있다.

이쯤에서 '자 그럼, 어떻게 사랑을 느낄 수 있는가?'라고 묻고 싶어질 것이다. 사랑이란 매우 추상적이어서 그 존재를 깨닫기가 어렵다. 하지만 앞에서 소개했던 '사람을 좋아하기 때문에 다른 사람의 마음을 헤아린다'는 사실을 깨닫는 것 외에도 사랑을 느낄 수 있는 방법은 많다. 우선 다른 사람의 마음을 헤아리고 그 자리의 분위기를 살피는 당신의 행동을 사랑이라는 전제하에 다시 생각해 보자.

우리들은 자주 눈에 보이는 결과로 자신을, 그리고 주변 사람을 평가한다. 이 때문에 동기가 되어 준 사랑은 부정하거나 가치를 알아주지 않는데, 이는 너무나도 안타까운 일이다.

나는 오랜 시간 동안 심리 상담을 하면서 사람들의 행동 배경에는 반드시 사랑이 있다는 생각을 하게 됐다. 물론 '미움받기 싫다', '오해받고 싶지 않다', '민폐 끼치기 싫다'와 같은 두려움이나 죄책감도 우리를 행동하게 만들지만 그런 부정적인 감정과는 별개로 사랑이란 감정도 분명 존재한다. 단 사랑을 깨닫는 일은 그리 쉽지 않다. '나의 행동에 어떤 사랑이 담겨 있을까?'라는 전제를 가지고 바라보지 않으면 알 수가 없다.

사람의 마음을 헤아리려 하는 당신의 행동은 이미 아름다운 사랑에서 우러난 행위다. 그러니 남의 마음을 헤아리는 능력이 뛰어난 사람은 그대로 '사랑꾼'이라 정의해도 좋을 정도다. 이 사실을 깨닫고 자신의 사랑에 자신감을 가지면 당신은 틀림없이 행복해질 것이다. 상대의 마음을 잘 헤아리는 사람은 사랑꾼이다. 아름다운 사랑을 가슴에 품은 휴식 같은 사람이다.

나는 뭘 기대한 걸까

초판 1쇄 인쇄 2019년 8월 12일
초판 1쇄 발행 2019년 8월 19일

지은이   네모토 히로유키
옮긴이   이은혜
발행인   김승호
펴낸곳   스노우폭스북스
편집인   서진

책임편집   함소연
편집진행   이현진
마케팅   김정현
SNS   이민우
영업   이동진

주   소   경기도 파주시 회동길 37-9, 1F
대표번호   031-927-9965
팩   스   070-7589-0721
전자우편   edit@sfbooks.co.kr
출판신고   2015년 8월 7일 제406-2015-000159호

ISBN 979-11-88331-72-7 03830